少年與狗

少年と犬

馳星周　著
楊明綺——譯

目錄

CONTENTS

好評推薦

因三一一大地震成為流浪犬的狗狗，為了心中堅持的信念，展開了一趟未知的漫長旅程。沿途上與許多不同境遇的人類相遇，與他們一同譜出一段段雖然短暫、卻刻骨銘心的相處時光。有如天使般守護著每一位與牠相遇的人們，讀完不禁讓人感動到潸然淚下……

——Kaoru，「哈日劇」FB粉絲團版主

多聞為何不惜跋涉千里也要向南方前進？牠清澈的雙眼映照出三一一震災後的眾生相，療癒了無數受創的靈魂。《少年與狗》是馳星周寫給毛小孩最溫柔的情書，更是撼動你我心靈的日本版《野性的呼喚》。

——喬齊安，百萬部落客、專業書評家

這是一隻狗與一群人的故事，也是一次「人類為什麼愛狗？」的作答。答案很簡單，因為狗也如此愛著人類。世界之大，滿是人類無法企及的愛，治癒的愛、陪伴的愛、拯救的愛、單純的愛。種種不可能之愛，狗狗都給予。

——蔣亞妮，作家

第一章

男人與狗

1

停車場角落有隻狗，雖然戴著項圈，卻沒繫牽繩，可能在等待去買東西的飼主吧。看起來頗聰明的一隻狗，身形卻十分瘦削。

是受災狗嗎？這麼想的中垣和正，將車子停在停車場。

那起大地震已經是半年前的事了，因地震和海嘯而失去家園的人們還在避難所克難過活。因為不能帶寵物入住避難所，所以聽聞有些受災者帶著毛小孩以車子為家。

和正走進超商，買了咖啡和麵包，還有香菸。自己沖好咖啡後，走到店外的菸灰缸旁，點了根菸，然後打開麵包袋，一邊吞雲吐霧，一邊啃麵包。

那隻狗還在，牠直瞅著和正。

「不對啊……」

和正偏著頭，喃喃道。店裡沒其他客人，停車場也只停了一輛他的車子。

「你的主人去上廁所嗎？」

和正問那隻狗。狗似乎聽得懂，隨即走向他。

長得像德國牧羊犬，但體型較小，耳朵和鼻子也比較長，可能是德國牧羊犬和其他犬種的混種。

狗走到和正面前，做了個朝上嗅聞的動作，應該不是嗅菸味。

「這個嗎？」

和正拿起包餡麵包在狗頭上方晃了晃，只見牠流下口水。

「肚子餓啦？」

他撕了一片麵包放在掌心，伸至狗的嘴邊。牠嗅了一下味道，慢慢地吃著。

「原來是肚子餓啊！等等哦！」

和正捻熄菸，將盛著咖啡的紙杯放在菸灰缸上，走回店內，將剩下的麵包一口氣塞進嘴裡。

他買了狗吃的零食「雞肉乾」。那隻狗隔著窗子盯著和正的一舉一動。

「那隻狗的主人呢？」

和正問收銀的店員。店員瞅了一眼外頭，隨即冷冷回答：

「不知耶！牠從早上就在那裡了。想說等一下通報收容所。」

「是喔……」

和正接過雞肉乾，回到菸灰缸那邊。狗不停搖尾巴。

「吃吧！」

和正撕破包裝袋，拿了一片遞向狗，只見牠瞬間吃光。

再給一片，又給一片，只剩最後一片。不到五分鐘就吃個精光。

「看來你很餓啊！」

和正摸摸狗的頭。牠沒警戒，也沒撒嬌，只是看著和正。

「我瞧一下。」

和正觸碰牠脖子上的皮革項圈，上頭還掛了個吊牌。

「多聞？你叫多聞啊？這名字好怪喔。」

想說也許會寫上飼主家的地址或電話，可惜只有狗名。

和正又點了根菸，啜了口咖啡。這隻狗——多聞並未離去，既沒要食物吃，也沒撒嬌，只是站在和正身旁。

像是在謝謝請牠吃雞肉乾的恩情。

「我要走囉。」

抽完菸的和正對多聞說。他只是工作到一半突然覺得有點餓，順道來趟超商。原本任職的水產加工公司因為震災倒閉，靠著微薄積蓄過活的他總算找到工作，可不能丟了這飯碗。

和正鑽進車裡，將咖啡放在杯架上，發動車子，準備倒車。

多聞始終站在菸灰缸附近，望著和正。

想說等一下通報收容所——和正的耳畔響起店員的聲音。

那隻狗要是被帶往收容所，會是什麼下場？

就在他這麼想的同時，身子靠向副駕駛座，打開車門。

「上車吧！」

和正朝多聞喚道。多聞隨即跑過來，跳上副駕駛座。

「給我老實待著，不可以撒尿哦！」

多聞一副這裡就是我的老位子似地，乖順地趴在座椅上。

❖

「那隻狗是怎麼回事？」

忙著數錢的沼口一臉疑惑地看向副駕駛座。多聞瞅著和正。

「我新養的狗。」和正回。

「你哪有閒錢養狗啊！」

沼口將錢塞回信封，叼著一根菸，和正趕緊遞上打火機。

沼口是和正的高中學長，在校時就是出了名的流氓，畢業後沒找份正經工作，而是混仙台的黑幫。雖然不是幫裡名正言順的老大，實力卻不容小覷。

他正在搞贓物買賣交易。

眼看就快坐吃山空的和正向沼口哭訴，因而得到這份運送差事。

「因為一些事……」

和正含糊其詞。要是說出是在運送途中撿到的，肯定挨揍。

「畢竟才經過半年，有親戚、朋友沒辦法養狗也不奇怪啦！」

正在吞雲吐霧的沼口回頭。這裡是仙台機場附近的倉庫街一隅，往東邊瞧，可以眺望太平洋。震災前林立著大大小小的建築物，轉瞬間全被海嘯吞沒。

「雖然這一帶比半年前好多了，但還有得努力喔！」

雖然歪斜、下陷、滿是瓦礫堆的道路總算修整好，四周卻仍舊一片荒涼。沼口租借的這間倉庫本來是運輸公司的倉儲，無奈災後無法經營下去。聽聞沼口以非常便宜的價格承租。

「不如訓練牠只要條子一靠近，就會吠。」沼口說。

「這種事應該沒問題吧？」

「當然啊！牠是狗啊！而且看起來挺聰明哩。」

「那我試試看。」

「嗯。對了，還有一件事要問問你。」

「什麼？」

「要不要試試賺頭多的工作？你以前不是參加過SUGO的卡丁車賽嗎？」

「那是小屁孩時候的事啦！」和正回。

和正一直到國中，每逢週末都會去SUGO的卡丁車賽車場。儘管夢想有朝一日成為F1賽車手，但他知道自己沒這才華，國三那年夏天決定放棄，從此再也沒握過卡丁車的方向盤。

「你不是說自己以前是這方面的老手嗎？鈴木很驚訝呢！前陣子你不是載過他嗎？」

「是啊。」

鈴木是沼口的手下。約莫兩週前，和正開車載他去仙台車站。

「加減速、轉彎都很順，鈴木還錯覺那輛破車是勞斯萊斯呢！」

不知如何回應的和正搔著頭。

「就算不是卡丁車，你的駕駛技術也是一流呢！」

「沒啦！只是比一般人好一點吧。」

「所以想借重你這項長才。」

「什麼意思？」

沼口用手彈了彈變短的菸，隨手扔掉。

「有個外國人竊盜集團找上我們幫忙，拒絕不了啊！」

「竊盜集團？」

「小聲點啦！笨蛋！」

被沼田敲了一記頭的和正趕緊摀嘴。

「在那些傢伙幹完一票後，送他們回巢穴。」

和正舔唇。如果只是幫忙運送贓物、收錢，勉強還能辯稱自己什麼都不知道，但是和犯案後的竊賊搭同一輛車可就不一樣了。一旦被逮，肯定被視為共犯。

「報酬可不少哦！」

沼口用右手的食指與大拇指比了個圓，和正彷彿瞧見圓的另一頭浮現母親與姐姐的臉。

「可以讓我考慮一下嗎？」

「行啊！但別拖太久，對方要我們這禮拜之內回覆。」

「知道了。」

和正的視線從沼口移向車子。有如雕像般一動也不動的多聞直瞅著和正。

2

和正用拉麵碗裝些在購物中心買的狗糧，放在多聞面前，只見牠吃得津津有味。

「看來真的很餓啊！狂吃猛吃。」

盤腿坐在榻榻米上的他一邊抽菸，看著大快朵頤的多聞。和正時常趁著等紅綠燈時，撫摸趴在副駕駛座上的多聞；雖然狗毛覆著看不太出來，但一摸就知道牠很瘦，瘦到肋骨凸出，身上還有好幾處瘡痂。

「你到底是從哪裡來的？」

享用完狗糧的多聞舔舔嘴巴四周，坐在榻榻米上。

「過來這裡。」

和正一招手，多聞便湊過去，被撫摸著頭和胸部的牠滿足地瞇起眼。

沒養過狗，也從沒想要養的和正此刻覺得有毛小孩作伴也挺不錯。

手機鈴聲響起，姐姐麻由美來電。

「怎麼了？」和正接聽。

「沒事啦！只是想說你在幹麼？」

他馬上察覺姐姐說謊。因為照顧母親而累得精疲力盡的麻由美，應是想打電話向弟弟發牢騷，但一聽到和正的聲音就想說算了。

「老媽怎麼了嗎？」

「沒怎麼樣啦……」

麻由美的聲音越來越有氣無力，最後似乎在嘆氣。

母親於去年春天出現早發性失智症症狀，雖然一直以來症狀還算輕微，但自從震災後被迫暫時移居避難所，病情便開始惡化。看來離開熟悉的家園，和許多人一起生活給她帶來相當大的壓力。

麻由美原本住在市區租的公寓，為了照顧病情逐漸惡化的母親，只好退租，和母親一起住在修繕並清理好的老家，這是震災過後兩個月的事。可能是煩心事太多，麻由美越來越憔悴。

明明剛滿三十的她還是芳華正盛的年紀，那張憔悴側臉卻已飄出孀味。

「對不起啦！姐。要是我爭氣一點，至少能讓你不必為錢發愁。」

「現在時局這麼糟，也是沒辦法的事，你別多想啦！」

「可是……對了，我撿到一隻狗。」

「狗？」

「可能是因為震災的關係，和主人分開吧。看牠乖巧又聰明，就想說養了吧。下次帶牠去找你們。我聽說有什麼照護犬之類的，生病的人、失智的老人家和狗接觸後，情緒會比較穩定。」

「嗯，我也聽說過。你帶牠回來吧。我想媽應該會很開心吧，她一直很想養狗。」
「老媽想養狗？」
「是啊！媽說她小時候，家裡有養狗。可惜爸說我們家不准養寵物。」
「我頭一次聽說。」
「因為那時候你還沒出生。媽很失望，但後來知道懷了你，也就忘了養狗這回事了。」
「是喔。」
「那隻狗叫什麼名字？」
「多聞。」
和正回道。他很高興兩人聊著狗的事時，麻由美的聲音又回復了活力。
「這是什麼怪名字啊！」
「項圈掛了個小牌子，上面寫著名字，多聞天的多聞。」
「是喔。反正你趕快帶牠過來吧，已經好幾個月沒看到媽的笑容了。」
「嗯，知道了。」
「幸好打這通電話給你，好久沒這麼開心了。果然有家人真好。」

麻由美這麼說之後，掛斷電話。

多聞將下巴擱在和正的大腿上，酣睡著。牠那安詳睡臉與規律起伏的背部，說明牠很信賴和正。

和正像是怕吵醒多聞似地，將手輕放在牠背上。

感受到多聞的體溫。

心也逐漸溫暖。

3

和正試著上網查找多聞的事。

多聞、狗、德國牧羊犬、雜種、失蹤、震災——試著用腦中浮現的這些詞彙搜索，卻沒查到任何線索。

也就是說，沒人找尋多聞。莫非牠不是受災者養的狗？還是主人不在人世了？

總之，這下子就能毫無顧慮地收養牠了。
和正讓多聞上車後出發。他要帶多聞回老家。
雖然昨天才告知多聞的事，但麻由美說早點帶牠回去就對了。
母親和麻由美住的獨戶老家位於名取川南邊的一處住宅區。
這是麻由美出生後不久，父親貸款蓋的，後來用他的身故保險金付清貸款。
姐弟倆商量過，一旦母親的病況惡化，必須入住照護機構的話，就把老家賣掉，無奈這個打算被一場震災澈底抹消。
房子占地不大，院子只能停一輛車、設個小花壇。和正將車子停在麻由美的小車前方，雖然車子停得稍微凸出來些，但不至於遭附近鄰居抱怨。
「走吧！多聞。要好好表現哦！」
和正給多聞套上和狗糧一起買的新項圈與牽繩，隨即下車。
「姐，我帶多聞回來囉！」
和正開門喊道。遲了片刻才傳來回應。
「和正？你帶牠回來啦？」
「是啊。」

和正用帶來的溼巾擦拭多聞的腳底後，才讓牠進屋。麻由美從浴室走出來。

「你在洗衣服？」

和正一問，麻由美的表情有點黯然。

「媽媽失禁。」

從她的表情可知不是小便失禁。

「辛苦了……」

和正只能向麻由美表示歉意。

「反正我已經收拾慣了……只是媽媽的情緒很差，很難應付啊！哎呀！你好啊！多聞。」

麻由美蹲下來，朝多聞伸出手。多聞倒也落落大方地嗅聞她的手指，用舌尖舔著。

「一臉聰明相呢！」

麻由美摸摸多聞的頭。

「牠很不錯吧？」

「感覺很沉穩，媽媽應該會喜歡牠。要不要帶去給她看看？」

「嗯。」和正牽著多聞，跟著麻由美走過長廊。母親的房間是一樓最裡面的和室，也是最寬敞的房間，日照也很好。

「媽，和正來了。我們要進去囉。」

沒回應。麻由美開門，飄來一股消毒藥水的味道。和正重新握緊牽繩，和多聞一起走進房間。

「媽，你還好嗎？」

躺在床上的母親只有頭轉向窗子那邊，凝望窗外的花圃。

「媽？」

和正又喚了一聲，母親才看向他。

「你是哪位？」

這句話讓和正備受衝擊地咬唇，雖然他知道母親的病況逐漸惡化，但這還是第一次連自己的兒子都不認識。

「媽，你在說什麼啊？他是和正啊！你兒子和正呀！」

麻由美化解尷尬似地笑道。然而，勉強擠出笑容的側臉也訴說著她備受衝擊。

「哦，是和正啊！長這麼大啦！」

不知如何回應的和正怔怔站著，只見多聞走向母親，湊近躺在床上的母親的臉，嗅聞味道。

「哎喲，這不是狗嗎？你……該不會是凱多？」

母親伸手撫著多聞的胸口。

「沒錯，一定是凱多。你跑去哪裡啦？」

母親發出像少女般的嗲聲。

「什麼是凱多？」

和正問麻由美。

「天曉得，可能是她小時候養的狗吧？」

「凱多、凱多。」

摸著多聞的母親不只聲音，彷彿連心情也回到少女時代。

「什麼時候開始惡化成這樣？」

和正凝視著母親。

「大概兩、三個禮拜前吧。她有時候連我也不認得。」

「應該早點跟我說啊……」

「不想讓你擔心嘛……我也知道這種事瞞不了。」

麻由美低垂著眼。

「對了，」母親坐了起來，「我得帶凱多去散步。」

「對喔。大家一起去散步吧！」

和正趕緊回應。

❖

和正一臉擔心地看著握住牽繩，和多聞開心散步的母親背影。麻由美的心情也是如此吧，只見她神情緊繃。

相較於擔憂不已的姐弟倆，母親倒是很興奮，一直對多聞說話，不時停下腳步，彎腰摸摸牠。

「媽好像返老還童呢！」麻由美說。

「嗯。」和正點頭。與其說母親變年輕，更像是返老還童。看到母親這模樣，和正很擔心她會不會做出什麼離譜事。

最開心的莫過於多聞，明明第一次來這地方，牠卻絲毫不畏怯地和母親一起走著。

要是有什麼事，多聞肯定會守護媽媽——多聞讓和正有此感覺。

「和正，怎麼走那麼慢啊？快啊！快點！」

母親回頭招手。看來她想起和正了。

「媽，你走太快了。」

和正加快腳步，追上母親。

「凱多很聰明吧，完全不必牽著呢！還會配合我走路的速度。」

不只聲音，母親連口氣也變得年輕。

「嗯，凱多真聰明。」

和正心懷謝意地摸摸多聞的頭。

「牠從小就很聰明呢！」

果然如麻由美所言，母親以為多聞是她小時候養的狗。儘管聲音和動作都變年輕，這病還是不可能會好。

名取川就在眼前，岸邊有一大片田地。這裡沒設紅綠燈，也沒有斑馬線，母親看也不看就要過馬路。

危險——話到喉嚨，和正又吞了回去。

多聞停下腳步，握著牽繩的母親也停步。

「怎麼了？凱多？」

瞬間，一輛大卡車從訝異問著多聞的母親身旁呼嘯而過。

「媽！硬闖馬路很危險耶！」

麻由美神情驟變。

「放心啦！有凱多跟著。」

母親露出天真笑容。

姐弟倆面面相覷。吹來一陣帶著秋意又乾爽的風。

❖

「多聞，你今天幫了大忙哦！」

和正伸手撫著趴在副駕駛座上的多聞。

「你阻止我媽硬闖馬路，我姐也說你像守護神哦！」

享受疼愛與讚美的多聞凝視著和正。

約莫散步一個鐘頭才返家的母親嚷著疲累，又躺回床上。別說散步了，她似乎很久沒出門。

和正向熟睡中的母親道別後，步出家門。

綠燈亮起，和正雙手握著方向盤，催油門。

和正震災前開的是手排車，從沒考慮自排車，沒想到車子被倒塌的混凝土牆壓成一堆廢鐵。因為沒錢買新車，工作又得用車，所以他現在開的這輛車是沼口給的，無奈老車經常故障又耗油，光是維修費、油錢就很可觀。

「好想要新車喔！」

和正喃喃自語，多聞盯著他瞧。

「也想貼補一下姐姐。」

多聞又看向前方。

「好想賺很多錢。」

多聞打了個哈欠。

和正將車子停在公寓附近的路肩，雖然這裡禁止停車，但從沒被開過違停罰單，畢竟災害過後，警察忙得不可開交。不過，總有一天一切都會如常吧。這麼一來，就得有個停車位才行。

我需要錢。總之，我需要錢。

和正回到住處後，給多聞遞上狗糧，自己吃杯麵權充晚餐。

「你吃的還比我好呢！」

和正看著大快朵頤的多聞，這麼說。很氣自己怎麼會迸出這種話的他粗魯地叼起一根菸。

手機響起，麻由美來電。

「怎麼了？」

和正接聽。

「媽醒來後一直問凱多去哪裡了。」

「我改天再帶牠過去。」

「牠一來，媽就變得比較有活力是好事啦！只是我有點擔心，畢竟她現在像個孩子般很愛鬧彆扭。而且我告訴她，你還會再帶凱多來，但她又忘了。」

「忘了我是誰嗎？」

電話那頭傳來代替回應的嘆息。

「看來必須送她去照護機構了。」和正說。

「我們哪來這筆錢啊？」

付清房貸後，父親的身故保險金所剩無幾。麻由美用剩下的保險金，以及自己的微薄存款照顧母親。幸虧母親那邊務農的親戚會送些米和蔬菜，日子勉強過得去。

「姐，對不起啦！」

「幹麼道歉，我們是一家人啊！」

通完話後，和正捻熄菸。

「多聞，我看我還是答應吧。」

和正對多聞這麼說。吃完狗糧的多聞趴在和正身旁。

「接下沼口先生說的那件差事，雖然比現在的工作危險百倍，但至少有錢賺，而且總覺得你會守護我，就像你今天守護我媽一樣。」

儘管多聞閉著眼，但和正一開口，牠的耳朵就會微微動著。

「也得賺你的伙食費啊！好！決定接了。」

多聞睜開眼，看著和正。

這樣很好啊！——感覺牠這麼說。

4

三名男子步出大樓，都是個頭偏矮，膚色黝黑。

其中一人走過來，敲敲駕駛座旁的車窗，和正開窗。

「木村先生？」

男子說出和正用的假名字。

「是的。」

「我是麥克，」男人說得一口流利日語，「他們是赫塞和李奇。」

和正頷首。看來大家都是用假名字。

「上車！」

麥克催促另外兩位。名叫赫塞的男子坐副駕駛座，麥克和李奇坐後座。

麥克說了句：「這什麼？」他察覺到窩在後車廂的多聞。多聞乖乖待在和正準備的籠子裡。

「為什麼有狗？」麥克問。

「牠是我的守護神，聽得懂嗎？」

麥克不解地偏著頭。

「Guardian angel。」和正用英語說明。

「哦，原來如此啊！」

麥克點點頭，向兩位同夥嘰哩呱啦地不知說些什麼。

「牠很乖，不會亂吠。」

「我們也很需要Guardian angel。對了，Guardian angel的日文怎麼說？」

「守護神。」和正回道。

麥克隨即複誦兩、三遍。

「出發吧！」麥克說。

和正打檔發車。沼口準備的是澈底保養維修過，也能切換成手排的半自動車「SUBARU LEGACY」。

「直接去國分町嗎？」

和正說出鬧區地點，麥克頷首。

現在是凌晨兩點半，周遭杳無人跡。

這輛駛向市區的車子一邊避開N系統（車牌自動辨識系統），疾馳前行。自從答應接下這件差事後，和正便著手調查、記下哪些地方設有N系統。

「你開車技術真好！」麥克說。

光是車子不急不徐地穿梭市區，麥克就能感受到和正駕車功力一流。

鬧區依舊霓虹燈閃爍，人潮熙來攘往。和正將車子停在辦公大樓一帶。

「三十分鐘後，在這裡會合。」

麥克一夥人下車。多聞依舊趴在籠子裡。

直到望不見三人身影，和正才發車。明明開了冷氣，還是汗珠頻冒、口乾舌燥。和正發現自己緊張不已。

車子漫無目的的馳騁著。每次被對向來車的車頭燈一照，和正就覺得心跳加劇，只見他為了安撫心緒似地頻頻看後視鏡，確認多聞的狀況。

而且每次看，多聞的臉都朝著不同方向，不是左右兩側車窗，就是後車窗，不然就是看向正前方。

不久，和正察覺到一件事，那就是多聞頻頻望向南方。

「南邊有什麼嗎？」

和正試著問，多聞沒反應，只是默默望向南方。

會合時間迫近。

和正將車子停在約好碰頭的地方，而且踩住煞車，方便隨時發車；握著方向盤的手被汗水濡溼，在牛仔褲上一抹，隨即又冒汗。

「沒什麼異狀吧？多聞。」

和正回頭問多聞，多聞露出自信滿滿的眼神看著他，彷彿在說：「放心！別慌。」

瞧見一群男人從大樓林立處走來，手上拿著下車時還扁扁的，現在已然鼓起的包包。

聽說他們這次下手的目標是珠寶店。

只見男人們踩著待會兒先去哪裡喝一杯似的輕鬆步伐，朝這裡走來。

「走快一點啊！」

和正嘟囔著。總覺得此刻店內警鈴大作，彷彿聽見巡邏警車的警笛聲。

腦海裡不斷浮現被警車追逐的情景，就算拚命催油門、加速，結果還是被活逮。

「發車吧。」

麥克坐進副駕駛座，赫塞與李奇坐後座。

車門關上。
和正用力踩油門。
「別那麼慌，慢慢來、慢慢來、冷靜點，ＯＫ？」
麥克輕拍和正握著方向盤的左手。
「啊，不好意思。」
和正放緩踩油門的力道。自亂陣腳反而會引起警方的注意，不急不徐地開車就對了。
「你的守護神真是太棒了。」
麥克瞥了一眼後方，多聞又看向南方。
和正舔唇。緊握方向盤的他一邊提醒自己冷靜點，一邊避開Ｎ系統。
男人們用和正無法理解的語言愉快交談、抽菸，氣氛和樂到令人無法想像他們才剛犯案。
和正刻意繞了一會兒路才送他們回住處，車子停在離大樓約莫百公尺的地方。
「謝啦！木村先生，後會有期。」
麥克微笑地下車，其他兩人隨後跟上。多聞直瞅著他們，男人們頭也不回地逐漸走遠。

和正用手機打電話給沼口。
「工作剛結束。」
「喔喔，辛苦了，快回去休息吧。」
「要回去了。」
「記得看一下信箱。」
「信箱？什麼意思？」
通話突然中斷。和正嘖了一聲，發動車子。
「讓你跟著我幹奇怪的事，對不起啦！多聞，我們回家睡覺吧。」
多聞又看向南方。
一回到住處的和正先窺看信箱，發現裡頭塞了個茶褐色信封。
和正抓起信封，慌忙進屋，鎖好門，幫多聞擦腳後，發現自己的呼吸總算沒那麼急促。
他趕緊遞水給多聞喝，隨即一屁股坐在榻榻米上抽菸。抽完一根後，拿起信封。
信封裡塞著二十張萬圓鈔。
一個晚上就賺到幫忙運送贓物一個月的工資。

如果每個禮拜接一次這種工作的話……

「就能減輕姐姐的負擔了。」

和正喃喃道，又點了一根菸。多聞走過來，躺在他身旁。

只見牠一閉眼就開始打呼。

「累了啊？」

和正悄聲問多聞，再次數著那疊萬圓鈔。

5

每個頻道都在播報同一則新聞。

今天凌晨有三名歹徒闖入位於國分町的珠寶店，盜走珠寶金飾、高級手錶等，總價高達一億日圓的商品。

麥克他們戴上面罩，使用鐵撬棍破壞玻璃窗，闖入店內，隨即不慌不忙地破壞展示櫃，將珠寶、手錶塞進包包。

從非法闖入到得手離開，犯案過程僅約五分鐘。

因為犯案手法十分純熟，警方不排除是竊盜集團所為，正全力搜索中。

「不會吧……」

和正看著新聞畫面，身子不住顫抖。開車時，總有種事不關己的感覺，但目睹他們犯案的樣子後，強烈意識到自己也是共犯。

二十張萬圓鈔也安撫不了他慌亂的心。要是麻由美知道這筆錢是怎麼來的，肯定會悲嘆不已吧。

「但我確實需要錢。」

和正像是在說給自己聽。

人要活下去，必須要有錢。再者，和正還有個罹患失智症的母親，還有為了照顧母親，無悔付出的姐姐。

我需要錢，只要能賺錢，什麼工作都行。話雖如此，要是沒有那起災難，我就不會幹這種工作。

我想抓緊最後一根稻草，這根稻草就是麥克他們幹的勾當。

明知是非法行為，倘若眼前只有這根稻草可抓，也只能抓了。因為要是不這麼做的話，便無法肩負媽媽和麻由美的生活。

「多聞，我們去散步吧。」

和正向正在夢周公的多聞這麼說。多聞迅速起身，走向玄關，一副早已在這裡生活多年的模樣。

住在這棟公寓的住戶多是單身者，加上早就過了上班尖峰時間，所以沒人瞧見步出家門的和正與多聞。

和正帶著多聞，漫無目的地走著。他上網查找養狗的方法，看到一篇報導寫說至少一天要帶毛小孩外出散步兩次，每次超過三十分鐘。

多聞不是被牽繩牽著走，而是配合和正的步伐走著，且一定走在他的左側，只有遇到電線桿、立式招牌，牠才會停下來小解。

「前主人把你調教得真有規矩啊！」

和正嘆服。他對於狗的印象就是得用牽繩好好牽著，不然會恣意亂跑，一看到其他人或狗，就會歇斯底里狂吠的小型犬。

多聞明顯有別於這種狗。牠很信賴牽著牠的人，但不是一味依賴，而是堂堂走著，有如默契十足的同伴。

打算往左拐進小巷的和正冷不防撞到多聞，原來牠想走右邊。

「怎麼了？你想走那邊嗎？」

反正也沒特別要去哪裡，就依牠想走的方向走。

就在和正想往右拐進下一條小巷時，多聞不肯，牠想繼續直走。

「不行。直走出去是大馬路，人車很多，不好走。」和正說。

看向前方的多聞停下腳步。

「往這裡——」

拉著牽繩的和正發現多聞想走的方向是南方。

「喂，南邊有什麼嗎？去找你的前主人？還是以前住的地方？」

多聞看向和正。

「你要是想去哪裡，我可以帶你去，問題是我不曉得你要去哪裡啊！對不起啦！多聞。」

和正輕輕拉了一下牽繩，多聞這次乖乖順從，往右拐進小巷，跟在和正身旁。

多聞想去南邊。和正如此確信。

❖

和正清洗多聞吃完狗糧後的盤子時，沼口來電。

「有看到新聞報導嗎？」

「嗯。」

「果然手法俐落啊！」

「那群傢伙是什麼來頭？」

「我也不太清楚。聽說他們崛起於東京、大阪，然後跑到全國各地犯案。他們來這裡時找上我，反正就是說好以那群傢伙得手的金額分百分之幾給我就對了。」

「原來如此。」

這次遭竊的商品總價約一億，換句話說，沼口至少有數百萬入袋，所以付給和正的這二十萬不過是小菜一碟。

「下週再麻煩你啦！」

「下週？不會吧？條子正在四處搜查耶。」

「短時間狂撈一筆後，再轉移陣地是他們的慣用手法囉！」

和正不禁屏息。定期有二十萬報酬入袋的美夢瞬間破滅，麥克他們不久後就會離開仙台。

「麥克那傢伙說他很中意你的守護神呢！守護神是啥啊？」

「狗啊！」

「那隻狗？那傢伙可真怪啊！總之，就是這樣，詳細情形再聯絡你。」

「嗯，知道了。」

和正掛斷電話。

「果然世上沒有白吃的午餐啊！」

和正對多聞這麼說，多聞看向他。

本來就是啊——感覺多聞這麼回道。

❖

雖然母親忘了和正，卻清楚記得多聞的事。

她笑容滿面地朝多聞招手，喊著凱多、凱多，頻頻撫著牠。

多聞也露出愉悅的表情。
「姐，方便借一步說話嗎？」
和正叫麻由美到廚房。
「什麼事啊？」
「這給你。雖然不多，拿去貼補吧。」
和正將塞著十萬日圓的茶褐色信封遞給麻由美。麻由美確認一眼內容物之後，不由得蹙眉。
「這錢是怎麼回事？」
「臨時外快。我打柏青哥，連續贏了兩天哦！」
和正用事先想好的說詞搪塞。
「柏青哥？你去賭博？」
「柏青哥哪算賭博啊！只是打發時間罷了。碰巧手氣好啦！」
「別得意忘形了，別去打什麼柏青哥了。」
「知道啦！」
「總之，多虧你這筆錢，謝啦！」

麻由美捣著茶褐色信封，向和正道謝。

「幹麼這樣啊！我們不是一家人嗎？」

「該感謝就要感謝囉。對了，你的工作還順利嗎？」

「嗯，差不多習慣了。也快領薪了，只是少得可憐就是了。」

和正告訴姐姐，自己在宅配公司當送貨司機。麻由美也認識沼口，她要是知道弟弟跟著沼口工作，肯定會很擔心；畢竟光是照顧母親一事就讓她費盡心神，和正不想讓她更心煩。

「別亂花錢，要多存一些哦！要是媽的病況變嚴重了，我一個人勢必照顧不來，這下子又得用錢了。」

「爸的保險金還剩多少？」

「三百萬左右吧。」

「只剩這麼一點啊……我看，我去東京賺錢吧。」

「或許你該認真想想囉。」

麻由美神情認真地回道。

從母親的房間傳來開朗笑聲。要是一般人的話，想必心情很好吧，但姐弟倆一想到母親的病情就心痛。

「要不要一起帶多聞出去散步？」和正問道。

麻由美頷首。

「媽和牠一起散步時，感覺好開心呢！平常都窩在家裡，不想出門。」

麻由美將茶褐色信封塞進牛仔褲的後褲袋，脫去穿在身上的圍裙，問道：「媽，要不要一起帶凱多去散步？」

「好啊！走吧！」

母親果然發出宛如少女的聲音。

❖

一行人走了一條和前幾天不一樣的路，來到名取川。經由田邊小徑，來到河岸附近。岸邊規劃成小公園，還設了一排長椅。

三人坐在一張長椅上。和正將掛在右手的塑膠袋放在空位上，裡頭裝著順道去超商買的三明治、飯糰與飲料。

「天氣真好啊！」

麻由美仰望朗朗青空，氣溫適中。一路走來流了些汗，從河面吹來的風好舒爽。

「媽，要吃什麼？」和正問。

「火腿三明治。」母親立刻回道。

和正微笑地拆掉火腿三明治的包裝，將吸管插入鋁箔裝柳橙汁，遞給母親。

「可以分給凱多吃嗎？」

母親拿著三明治，問麻由美。

「不行啦！狗不能吃人類吃的東西。」

母親臉色一暗。和正從袋子取出雞胸肉做的肉乾。

「媽，這個可以給牠吃。」

「真的嗎？」

母親接過裝著肉乾的袋子。只見多聞豎起耳朵，看來牠記得初次見面時，和正買給牠吃的東西。

母親將肉乾遞向多聞，多聞猛搖尾巴，開心啃咬。

「凱多，好乖哦！」

母親微笑地看著多聞。
「媽也吃吧！」
母親在麻由美的催促下，大口咬著三明治。
「我們也吃吧！肚子餓了。」
麻由美吃著馬鈴薯沙拉三明治，和正吃著明太子飯糰，喝著瓶裝烏龍茶。
和正吃完後，起身獨自走到旁邊抽菸。
母親不停和多聞講話，麻由美微笑地看著母親與多聞。
怎麼看都是相處融洽、完美的一家人，和煦的初秋陽光與多聞的存在為這完美更添色彩。
抽完菸的和正回座，發現麻由美眼眶泛淚。
「姐，怎麼啦？」
麻由美趕緊閉眼。
「我覺得好幸福喔！畢竟一直以來壓力真的好大。沒想到能在這麼好的天氣，坐在岸邊吃東西，聽著媽媽的笑聲……總覺得身處天堂就是這樣的感覺吧。才會忍不住哭了。」

和正摟著麻由美的肩。

「畢竟半年前像是活在地獄，所以更加有感吧。」

「多虧多聞。」和正說。

「是啊。多虧那孩子，媽媽變得有活力多了。大家還能一起出來散步，真的多虧那孩子啊！」

或許知道還有肉乾可吃吧。多聞目不轉睛地看著母親，母親也開心地接受多聞的撒嬌目光。姐弟倆不知多久沒看到母親如此開懷的笑容了。

和正閉上雙眼，感受著眼瞼內側的日光。母親的笑聲竄進耳裡，麻由美正在擤鼻涕。或許，身處天堂的感覺就是這樣吧。溫暖、沉靜又幸福。

多聞將和正他們帶往幸福美好的境界。

6

麥克他們坐進車裡，和上次一樣，赫塞坐在副駕駛座。坐在後座的麥克偏著身子，將手指伸進籠子，撫著多聞的下顎。

「今天也有守護神陪著，一定能順利幹一票。」麥克說。

「你好像很喜歡多聞。」

和正邊踩油門，邊說。

「Tamon*是什麼意思?」

「不曉得，」和正偏著頭，「牠是流浪狗，項圈上掛了個寫著『多聞』的小吊牌，所以我才叫牠多聞。」

「流浪狗……因為震災的關係嗎?」

「應該是吧。不是和主人分開，就是主人去了另一個世界吧。」

麥克又彎身向多聞不知道說些什麼，那是和正完全聽不懂的語言，他心想多聞哪聽得懂啊!還真可憐。

麥克好像很喜歡狗。

沼口說，這次要接送麥克他們去地鐵南北線的長町南車站。

和正讓他們在地鐵出口附近下車。

「三十分鐘後在這裡會合。」

麥克說完這句話後，消失在夜晚的街頭。

和正跟之前一樣，漫無目的地開著車，三十分鐘後回到會合處。三人隨即現身，像上次一樣泰然沉著。

和正的心情也比初次冷靜多了。看來人還真是一種對什麼事都能習慣的生物。

沒多問什麼的和正小心地避開N系統，專注開車。

遠處傳來巡邏警車的警笛聲，但並非朝這兒駛來的樣子。

麥克他們是老手，手腳俐落地洗劫珠寶店，趕在警方上門逮人之前揚長而去。

他們下手前，應該有先進行過縝密勘查吧，了解目標的情況才能精準下手。

---

*「多聞」的日文念法。此處原文使用片假名，麥克是外國人，表示他不曉得多聞兩字怎麼寫，故採音譯。

和上次一樣，和正將車子停在離他們的住處有一小段距離的地方。赫塞與李奇迅速下車離去，麥克還坐在車上。

「怎麼了？」

總覺得有點心神不寧的和正這麼問。

「可以把你的守護神讓給我嗎？」麥克說。

「多聞？不行。牠是我的狗。」

「五十萬？如何？」

和正聽到金額，冷不防將請他快點下車的話吞回肚子。

「五十萬？」

「要是肯把牠讓給我，我就付這筆錢。」

「為什麼肯出這麼高？」

「牠是隻非常優秀的狗，也是幸運的守護神囉。想說帶著牠，只要和牠在一起，應該就不會被條子逮到。五十萬嫌少嗎？那就一百萬，如何？」

和正有點動搖。只要讓出多聞就行了。瞬間就能拿到一筆必須工作好幾個月才能賺到的錢。要是有一百萬，麻由美也能喘一口氣；雖然多少有點捨不得，但畢竟只是幾天前撿到的狗，想到媽媽和麻由美的幸福，就比較捨得割愛了。況且麥克好像很喜歡狗，應該會疼愛、善待多聞吧。

和正和多聞對視，牠直瞅著和正，那是彷彿能看透心思的眼神。

「不行！」和正搖頭，「多聞是我的家人，就算給我再多錢，我也不會賣掉牠。」

「是喔。真是可惜啊！我明白你的心情，狗的確是很重要的家人。」

麥克下車，不知對多聞說了什麼。

「我們會再請你幫忙，務必帶著守護神一起來。」

和正點點頭。麥克轉身離去。

「多聞，對不起啦！我一時起了貪念。明明你給我們家帶來幸福……」

車子往西行，目標是通往東北高速公路的交流道；雖然和回家的路反方向，但反正現在回去也睡不著。

好久沒飆車了。

映在後視鏡上的多聞果然還是看著南方。

❖

車子下了通往仙台機場的交流道，直奔海邊。災後和正就不太敢靠近海邊了，因為還鮮明殘留著海嘯的爪痕。

也很懼怕。

縱然如此，還是想看海。災後過了半年，多了多聞這個新家人。也是該好好轉換心情的時候了。

震災前林立的民宅與倉庫都沒了。防風林也被海嘯吞噬殆盡。

和正停車，讓多聞下車，一起走向海邊。天快亮了，海平線一帶被染紅，白天感覺舒爽的風變得冷颼刺骨，秋天的腳步越來越近。

沒有月兒高掛的夜空，星辰閃爍。海浪的拍岸聲讓四周顯得分外靜寂。

和正默默地沿著海邊走向北方，多聞乖乖地跟著。

走到一半往右拐。不知為何，多聞的腳步突然加快。

和正就這樣被多聞領著朝南方走。

和正放掉牽繩，多聞停下腳步，回過頭。

「繼續走啊！」和正說，「你想往南走，對吧？是不是有誰在等你呢？應該是對你來說很重要的人吧。去吧！看你想去哪就去哪兒。」
和正也不明白自己為何這麼說。
好捨不得多聞，要是牠不在的話，我會很寂寞，媽媽也是吧。也許她的病情會惡化。儘管如此，還是應該放手讓多聞自由。內心像是有誰在低語。
「去吧。」和正說。
多聞看著和正，又看向南方，只見牠瞇起眼，彷彿在嗅聞什麼，雙腳用力，一副隨時都會往前衝的模樣。
明明叫牠去吧，但和正一想到牠要是真的走了，就覺得好揪心。
多聞有牠的家人，只是相隔兩地。和正只是牠尋找家人的途中，巧遇的夥伴而已。
和正明白，正因為明白，才不願硬是將多聞留在身邊，因為他覺得這麼做，違背了多聞對他的愛與信賴。
多聞的四肢不再施力，也不再嗅聞，而是走向和正，像撒嬌似地挨著他的大腿。
「真的不去嗎？」
和正問，多聞搖尾巴。
「真的沒關係嗎？你不是很想見他們嗎？」

多聞緊挨著和正的大腿，一動也不動。
「謝謝。」和正說。
這句話發自內心深處，從沒對別人有過如此感謝的心情。
「謝謝你，多聞。」
和正坐下來，緊抱多聞。多聞的鼻子貼著他的臉頰，牠的鼻子好冰冷。

7

「你又去打柏青哥？」
麻由美瞠目瞧著和正遞給她的錢。
「嗯。新手特別走運吧。」
「不是叫你別去賭博嗎？」
「不會再去啦！好運差不多快用完了。」

和正與麻由美步出店外，走向車子那邊。和正偶爾會提議開車去遠一點的地方兜風，這次是要去藏王。

因為途中母親喊餓，所以停車到麵包店買包餡麵包。

「每天像這樣帶多聞來找我們，還換新車……你到底在做什麼？根本沒在工作，對吧？」

麻由美的視線彷彿刺向和正的胸口。

「想說贏了不少錢，就休息一下嘛！」

和正想用玩笑話搪塞，麻由美的神情卻依舊嚴肅。

「你該不會幹了什麼不好的事吧？」

「你在說什麼啊？」

「我聽說你在沼口底下做事，是真的嗎？」

「跟那個流氓？別開玩笑了。」

和正一臉認真地否認，但麻由美的直覺一向很準。

「和正。」

被姐姐抓住手的和正停下腳步。麻由美喊「和正」時，就是準備數落弟弟一頓。

「我能依賴的只有你了。懂嗎？你要是不給我振作點，媽和我該怎麼辦？」

「知道啦！」

和正不悅地噘嘴。

「輕鬆就能賺錢的工作絕對不是什麼正經事。聽說現在忙著災後復興，很多地方都缺人手，不挑剔的話，其實工作很好找。」

「知道啦！難得出趟遠門，別這麼掃興嘛！」

和正甩開麻由美的手，繼續往前走。車子後座傳來母親的笑聲，她不知道正對窩在籠子裡的多聞說些什麼。

「我會好好工作啦！」

姐姐的那番話好刺耳。可是，實在不想讓媽媽好不容易重拾的笑容又消失。

準備上車的和正看向麻由美，這麼說。

麥克他們就快離開仙台了。連帶地，優渥收入也沒了。我必須努力工作才行。雖然打從心底排斥勞力工作，但現在不是可以挑三揀四的時候，也必須澈底斷了和沼口的關係。

「買了媽最愛吃的火腿三明治哦！」

和正將袋子遞給母親，裡頭裝著她最愛吃的東西。

「謝謝你，小和。」母親說。

和正覺得胸口熱熱的，因為直到升上國中之前，媽媽都是叫他「小和」。或許是記憶錯亂吧。其實她認得和正。

「凱多說牠想散步。」

「馬上就到大公園了。我們去那裡散步吧。」

「嗯。」

麻由美坐進副駕駛座，和正發動引擎。

「我好喜歡凱多。」

這麼說的母親咬了一口火腿三明治。

「大家都很喜歡凱多喔！」

和正一邊切換方向盤，一邊倒車。

「凱多說牠也很喜歡我們。」

母親看起來真的很幸福。

❖

犯下第二樁竊案的十天後，沼口又聯絡和正。

依例和麥克他們會合，在指定地點讓他們下車，再接送他們回住處。很簡單的工作，也不必太擔心被警方盯上，因為麥克他們的犯案手法十分專業。

「這次應該是那幫傢伙在仙台幹的最後一票。」沼口說。

「如何？麥克他們離開後，要不要再做類似的工作？」

「這是最後一次幹這種事了。我媽和我姐很擔心，所以我想找份正經差事。」

「是喔。那就不勉強你啦！這次拜託囉！」

沼口笑著說，隨即掛斷電話。

和正將這幾次拿到的報酬，一半給了麻由美，剩下的存起來。這次工作結束後，就會進帳二十萬；雖然手邊有四十萬現金，暫時不必為生活開銷發愁，還是得趕緊找份正當工作。

「出發囉！」

和正對多聞這麼說。趴在玄關一隅的多聞聽到他的聲音，馬上站起來，挺起身子。

可能察覺到和正準備出門上工吧，善解人意的多聞一副知道今晚要出門的模樣。

和正一打開後車廂的門，多聞便跳上車，鑽進籠子，等待他關車門。

「這是最後一次了。要好好守護哦！」

和正向多聞合掌請託，只見牠打呵欠。

時序即將進入十月，天候越來越嚴寒，呼出的氣息也變得微白。

坐上駕駛座的和正隨即發車，點了根菸；但是怕多聞吸入二手菸，還開了車窗，車內溫度瞬間驟降，耐不住寒的他索性熄了菸，關上車窗。

「這還是我第一次顧及別人的健康而不抽菸呢！」

和正對多聞這麼說。多聞看向南方。

在老地方和麥克一夥人碰頭，今晚也坐後座的麥克微笑地對多聞說話。

「去國分町。」麥克說。

「又去那裡？」

第一次犯案的地點就是國分町，同一地區二度犯案，怎麼想都不對勁。

「條子肯定想說我們不會在同一處地方再次下手。」

和正頷首，車子駛向國分町。麥克他們是老手，自己這個門外漢不該過問。

「今晚是在仙台的最後一次了。」麥克說。

「所以我再問一次，你還是不願意把守護神讓給我嗎？」

和正搖頭，回道：「不行。」

「是喔。」麥克微笑，不再提這話題。

和正讓麥克他們在快到國分町的地方下車後，再次開著車四處轉。果然如麥克所言，別說警用巡邏車了。連半個警察的身影都沒見著。第一次犯案是將近三週前的事，也許這一帶的搜索工作已經結束。

三十分鐘後，回到約定會合的地方。上車後的三個人十分沉著，連一滴汗也沒流。

「木村先生，謝謝你的幫忙。仙台是個很不錯的城市，還想再來呢！」

「你們接著要去哪裡？」

映在後視鏡上的麥克露出意有所指的微笑。

「這是祕密。」

「也是啦！問了個蠢問題。」

和正不再多問，專心開車。三人又開始大聊特聊，或許因為是在仙台幹的最後一票，心情格外輕鬆吧。

麥克他們租住的公寓就在前方不遠處，和正放慢車速。

「嗯？」

和正發現映在後視鏡上的多聞似乎不太對勁，只見牠直盯著公寓那邊。

明明總是看著南方啊！怎麼啦？

滿腹狐疑的和正踩煞車，就在車子完全停下來之前，多聞開始發出低吟。

「怎麼了？多聞？」

和正拉起手煞車，回頭問。還是第一次看到多聞這樣。

就在赫塞與李奇準備下車時，麥克突然大叫。

三名男子從前方約莫十公尺處的暗巷衝出來，揮舞著金屬棒和鐵管。又有三個人從後方小巷竄出。

「快點開車！快啊！」麥克大吼。

和正趕緊放下手煞車，打Ｄ檔。赫塞即時逃回車上，坐在副駕上的李奇一隻腳探出車外。

「快啊！」麥克大喊。

「可是李奇——」

「不想死的話，就快開啊！」

麥克這句話讓和正反射性地踩油門，李奇就這樣摔在地上。那些男人不曉得在怒罵什麼。

「衝啊！」麥克大喊。

「可是——」

有名男子擋在車子前方，和正迅速切換方向盤，車子蛇行，輪胎發出悲鳴。驚險閃過那名男子。

眼前出現一堵牆，一輛「HIACE」從旁邊巷子竄出。

和正猛踩煞車，眼看就要撞上那堵牆——和正低下頭，傳來多聞吠聲的瞬間，猛烈衝擊下的黑暗吞沒他。

❖

頓覺一陣痛楚的和正不停呻吟。頭好痛、喉嚨好痛、側腹好痛，車內煙霧瀰漫，咳嗽讓痛苦倍增。

記憶逐漸回復，原來他們迎面撞上ＨＩＡＣＥ的側車身。

「多聞！」

和正呼喊，卻沒回應。他忍著痛，鬆開安全帶，想打開車門卻開不了。車體在猛烈撞擊下扭曲變形。

「拜託！我無所謂，一定要救多聞。」

和正用肩膀用力一撞，車門總算開啟。滾落車外的他想站起來，卻發現下半身使不上力。汗水滴進眼裡，伸手擦了擦額頭，這才驚覺不是汗，濡溼額頭的是鮮血。

好冷，快凍僵了。渾身都在顫抖，牙齒不停打顫。

一旁傳來呻吟聲。躺在柏油路上的和正搜尋這呻吟聲的主人。

他瞧見和自己一樣躺在地上的那群男人，就是從暗巷竄出來的那群傢伙，金屬棒和鐵管四散一地。

多聞在哪裡？麥克呢？

和正張望四周。

他看到麥克，卻沒看到赫塞和李奇。

街燈照著渾身是血的麥克，只見他右手持刀，左手握繩。

繩子？

不對，那是牽繩，多聞的牽繩。和正循著牽繩望去，多聞就在麥克身邊。

「多聞！」

和正想大喊，無奈聲音十分微弱。儘管如此，多聞卻停下腳步，回頭。

「多聞……多聞……」

多聞想跑向和正，但就在牽繩拉長的瞬間，又被麥克拉回。

「等等我，多聞——」

和正伸手。只見麥克抱起多聞，迅速逃離。

「多聞……」

和正不住發抖，痛楚遽增。

麥克？你要帶多聞去哪裡？媽媽和姐姐怎麼辦？

麥克與多聞的身影消失在昏暗中。

「對不起……媽、姐……」

喃喃自語的和正閉上雙眼。

第二章

竊賊與狗

1

麥克將折好的小刀塞進牛仔褲後褲袋。

狗每被他硬拉一次，就會發出刺耳吠聲。牠在尋找主人。雖然很可憐，但那個日本人應該沒命了，畢竟撞擊如此猛烈。

又傳來怒吼聲，那群流氓正在搜尋麥克。

「走囉！」

輕拉一下牽繩，催促狗兒快走的麥克隨即加快腳步。

走過一條又一條巷子，避開刺眼燈光，在昏暗中前行。對麥克來說，即便身處陌生之地，找尋暗處亦非難事。

因為打從懂事起，他就活在暗處。

麥克不停往前走，狗只好放棄回頭。好聰明的狗，原本的主人已經不在了，只好乖乖接受新主人麥克。

牠不是不愛那個日本人了，而是為了活下去，只好轉念。

「乖孩子。」

麥克摸摸狗的頭。這隻狗是守護神，麥克相信只要和牠在一起，便能避開災厄。

「Tamon？」

麥克試著叫牠，因為那個日本人這麼叫牠。

只見狗——Tamon 抬頭。

「Tamon，從現在開始，你就是我的狗。」

麥克這麼告訴牠。

❖

付費停車場停著一輛車。以防萬一，昨天麥克就事先停在這裡的車。這是一輛二手的福斯四輪驅動車，就連高橋也不知道有這輛車。

麥克讓 Tamon 待在後車廂，付清停車費後發動引擎。

Tamon 一派沉穩。牠不但聰明，也很有膽識，要是野狗的話，肯定能當上老大吧。牠有這資質。

穿梭狹窄巷弄的車子駛向南方。每次轉移陣地，麥克就會重新確認 N 系統與測速照相的位置，以免被警方盯上。

離開仙台市後，車子疾駛在通往名取市的國道。麥克遵守限速，還會不時透過後視鏡確認後方狀況。

沒有可疑車輛跟蹤。

赫塞和李奇要是被活逮的話，肯定會遭受拷問吧。但他們不曉得麥克會逃去哪裡。

「對不起啦！夥伴們。」

麥克點著叼在嘴上的菸，打開車窗，避免菸味飄向後車廂。抽菸是人類專屬的不良習性，不能讓狗也跟著受罪。

「你喜歡那個日本人？」

麥克用家鄉話問 Tamon。牠只是凝望前方。

對了，每次跟著他們移動時，Tamon 也常望著南方。

牠想去南方。

「南邊有你的家人嗎？那個日本人不是你的家人嗎？」

Tamon 沒回應。

❖

麥克將車子停在並排停了好幾輛大卡車的超商停車場。

他買了包餡麵包、果汁等食物，還有狗糧。先將東西放在後座，然後走到設有菸灰缸的地方抽菸、打電話。

「我們遭高橋背叛，不曉得赫塞和李奇是死了，還是被那群傢伙活逮。」

電話一打通，麥克用英語這麼說。

「在日本賺了多少？」

「不知道。我們只拿到該拿的報酬。」

「看來他們連該給的報酬都不想給啊！聽說高橋那幫人很缺錢。」

麥克嘖了一聲。雖然他有想到這一點，但沒想到他們的手法如此齷齪。

「我想離開日本，幫個忙吧。」

「很難啊！你先想辦法去韓國或俄羅斯，我再想辦法幫你返鄉。」

「我要是能離開日本，就能想辦法自己回鄉。」

「我知道，但是真的沒辦法幫你離開日本。」

「知道了。再聯絡。」

麥克掛斷電話後，又點了根菸；一邊吐煙，腦中浮現日本地圖。

他回溯記憶，想起在日本工作的同業朋友們的話。

新潟是離開日本，逃往海外的最佳地點，從那裡可以去朝鮮半島或俄羅斯。

「新潟啊……」

麥克捻熄菸，坐進後座。座椅另一側的 Tamon 將鼻子湊向他。

「肚子餓啦？」

麥克用家鄉話問 Tamon，只見牠動動鼻子。麥克打開袋子，用紙杯裝些狗糧，放在後車廂。

Tamon 立刻吃起來，一邊卡滋卡滋地咬，一邊警戒四周。

牠雖然和麥克一起行動，但並未視他為夥伴——從牠那稍稍豎起的背部狗毛便能窺知。

「真是聰明又勇敢的狗啊！而且很念舊情。」

麥克喃喃自語。他無論如何都想收服 Tamon，想贏得牠的愛與信賴。必須帶牠一起離開日本。既然如此，那就不能搭飛機，只能搭船。

「新潟啊……」

麥克坐回駕駛座，發動引擎。

2

車子停在望得見海濱沙灘的地方，海岸線散布著被海嘯吞沒的瓦礫。雖然那場大地震已經是半年前的事，南相馬市的復興作業才剛開始。

麥克讓 Tamon 下車，用牽繩拉著牠，沿著海岸散步。不願被拉著走的 Tamon 配合麥克的步伐跟著。

「Good Boy。」

麥克用英語誇讚，Tamon 沒有任何反應。

「有誰在南邊嗎？」

雖然他知道問也沒用，卻還是忍不住問。

Tamon舉起一隻腳，朝草叢撒尿來代替回答。

「隨你吧！反正你不可能一直不鳥我。」

四周杳無人煙。或許可怕的海嘯記憶還很鮮明吧，大家都不想靠近海邊。走了約莫十分鐘，瞧見一棟頗為眼熟的建築物，那原本是水產加工廠的大樓。海嘯侵襲下，幾乎所有設備都沒了，只殘留混凝土外牆與屋頂。如今工廠倒閉，空無一人。

麥克在Tamon的陪伴下走進大樓。他停下腳步，暫時閉眼後再睜開，才能瞧見昏暗中的屋內情形。

最裡面堆積著壞掉的機械與瓦礫，形同路障。路障另一頭有扇通往別的房間的門，麥克推測那裡以前是工作人員的更衣室。

麥克將繫著Tamon的牽繩綁在翻倒的桌腳，打算破壞眼前的路障。獨自一人要破壞至少三個人才能築起的路障，著實費力，麥克卻默默進行著。

足足弄了三十分鐘後，那扇門總算現形。可能海嘯襲來時，遭到什麼東西碰撞吧，只見門板嚴重扭曲變形。麥克轉動門把，用身體猛力一撞，門應聲開啟。

工作人員使用的置物櫃以和一個月前相同的姿態迎接麥克，只有最左邊的置物櫃鎖著全新的數字鎖。

麥克順利解開數字鎖，發現置物櫃裡有個小行李箱。確認箱子裡塞滿萬圓鈔，這是這次在日本工作的報酬。有這筆錢就能返鄉過著快活日子，前提是沒有家累。

要是必須養家的話，至少得再賺個三倍。若還要和赫塞、李奇均分，勢必得再賺個十倍才夠。

麥克他們就是為了賺錢，才在高橋的勸誘下來到福島，因為剛遭受震災蹂躪的這裡最好下手。

確實比在東京、大阪下手輕鬆多了。但是胸口隱隱作疼。因為觸目所及，盡是失去家園與摯愛家人的受災者。

看著他們，便想起幼時的自己。

麥克在垃圾堆中長大。用白鐵和紙箱搭蓋，只有天花板的家實在稱不上是家，貧困人家出身的他從小就在垃圾堆中挖寶，找尋可以賣錢的東西。

儘管貧困、窮苦，至少還有家人互相扶持。

但在災區，許多人連家人都沒了。麥克他們卻還偷走這些人的東西。其實就算對象不是受災者，心情也一樣複雜。

一切都是為了賺錢，讓家人過好日子——他不斷這麼催眠自己，繼續幹這種事。行李箱裡的錢就是幹這些壞事的報酬。

「走吧。」

麥克解開繫在桌腳的牽繩，右手拉著行李箱，左手握著牽繩。

「也必須分給赫塞和李奇的家人才行。」

麥克這番話讓Tamon豎起耳朵。

「這是一定要的啊！我打算用分到的錢做個小生意，讓姐姐生活得輕鬆些，還要買間房子。我不想當賊了。」

Tamon回頭，停車的地方和牠想去的南方是反方向。

「先往前走。上了車，再往南方去。」

他騙了Tamon，其實是要往西去新潟。

高橋那幫人肯定還在惡狠狠地追錢——追查麥克的行蹤，所以不能走高速公路，只能走一般道路，慢慢駛向新潟。

麥克先讓Tamon待在後車廂，撫摸牠那蜷縮起來的背，觸感柔軟的狗毛摸起來好舒服。

「我的家鄉對你來說，可能很熱吧。放心，我會開冷氣讓你超涼快。」

麥克抽出幾張萬圓鈔塞進皮夾後，將行李箱放至後座。

「肚子好餓喔！」

麥克喃喃自語，又叼了根菸。

❖

麥克決定在郡山市郊外的購物商場停車場過夜。

晚餐只塞了包餡麵包與罐裝咖啡，但麥克無視來自胃的抗議聲。因為對他來說，餓肚子早已是家常便飯之事。

他屈膝窩在後車廂，沒有被褥也無所謂，至少睡這裡比睡在垃圾山舒服好幾倍。

他把手擱在Tamon背上，牠一動也不動，看來還沒卸下對麥克的敵意。

「你在找同伴嗎？」麥克問。

Tamon沒反應。

「聽不懂我講的話嗎？只聽得懂日語嗎？」

Tamon 閉上眼，一副懶得理睬的模樣。

「這隻狗還真是有夠傲。」

麥克微笑。

「我的第一個朋友就是狗，而且是隻野狗，雖然又瘦又髒，卻和你一樣很傲呢！」

麥克說。

Tamon 發出鼻息聲。

垃圾山住著很多和麥克他們家一樣的人家，大家一樣窮，住在只有屋頂的家，在垃圾山挖寶維持生計。他們是夥伴，也是敵手，為了求生存，自己必須比其他人更早挖到寶才行。

麥克是在垃圾山生活的孩子中，年紀最小的，比他小的只有嬰兒和剛學步的幼兒。比他年長的少年少女們平常是玩伴，工作時就變成殘酷的掠奪者。

每次麥克找到值錢的東西，察覺到的同伴們就會突然出現，一把奪走。即便麥克拚命抵抗，還是拚不過對方，只能哭著入眠。就算向爸媽、姐姐告狀，也只會被斥責連這點東西都顧不好。

於是，麥克變得越來越沉默寡言。獨來獨往的他被視為怪胎，不是常常被人拳打腳踢，就是遭辱罵、吐口水，東西被掠奪更是家常便飯。

某日，麥克撿到一把生鏽的刀子，一把折疊式小刀，刀柄破損，而且鏽蝕到幾乎開不了。

麥克用這把刀裁切在垃圾山找到的破布、廢紙，刀子上的鏽蝕逐漸剝落；一個月後，刀子又重拾鋒芒。他用石頭磨刀，還用破布將刀柄纏得牢實些，然後用報紙包好，偷偷揣在懷裡。

幾天後，麥克在垃圾山挖寶時，故意大喊，假裝他找到值錢貨。

掠奪者紛紛竄出，脅迫他交出東西。

於是麥克抽出刀子，刺向站在他面前的少年們。

剎時哀鳴一聲，鮮血飛濺。

就在他失去理智地揮舞刀子時，被人冷不防攫住手，瞬間被按倒在垃圾上，手上的刀子也被奪走，剎時拳腳如雨下。

雙親趕來時，麥克渾身是血，被打到腫得不成人形。

他就這樣躺了一個禮拜。

當他總算站起來，再次工作時，少年們不再搶奪他找到的東西，取而代之的是澈底漠視他的存在。

沒人搭理他，也沒人正眼瞧他。要是有人靠近麥克，就會立刻用一副怕被盯上的樣子趕緊遠離。

麥克成了幽靈，徘徊於垃圾山的小小幽靈。

日復一日，麥克獨自在垃圾山挖寶，不理會其他孩子的嬉戲聲，埋首工作。

總有一天要離開這裡，讓全家人不再挨餓，有間像樣的房子可住。麥克滿腦子都在想這種事。

連續好幾天陰雨綿綿，渾身淋得溼透的麥克在垃圾山不斷挖寶。

身後突然傳來聲響，他驚慌回頭。自從揮刀傷人之後，除了家人以外，沒人會靠近他。

有隻狗直盯著麥克。

一隻短毛雜種犬，應該和麥克差不多重。也和他一樣瘦。

牠睜著好奇的雙眼看著麥克。

「這裡沒食物啦！我也快餓死了，」麥克說，「走開啦！」

狗搖尾巴。

麥克不理會牠，繼續工作。這幾天，爸媽和姐姐也沒找著什麼值錢的東西，肚子餓到快升天，必須找到能換錢的東西才行。

那隻狗並未離開，也沒走近，只是盯著拚命挖掘垃圾堆的麥克。

「你幹麼啊？」

麥克停手，畢竟一直被盯著看，實在無法專心工作。

「找我有什麼事啊！」

只見狗兒走向他，麥克警戒著，因為經常聽聞餓慌的野狗襲擊小孩的事。但那隻狗並未撲來，而是踩著充滿自信的步伐緩緩走向麥克，嗅著他挖掘的那一帶。

「這裡沒有食物啦！」

麥克說。心想這隻狗和自己一樣餓吧。

只見狗靈活地用左右腳交互挖掘垃圾堆。牠看向麥克，彷彿在告訴他要記得是這樣挖。

「你要幫我？」

麥克說。突然對牠心生親切感。

狗專注地反覆挖著。

「好！我們一起挖吧。」

麥克也開始工作。無奈再怎麼挖，還是沒找到什麼值錢的東西；縱然如此，他像是要和狗比賽似地不停挖掘。

明明是一成不變的工作，不知為何，和這隻狗一起做就覺得好快樂。

3

麥克帶著 Tamon 在購物商場四周散步。Tamon 解決完大小號之後，便配合麥克的步伐走著，就算被牽繩拉著，牠也有自己的堅持。

走了約莫二十分鐘後，Tamon 突然回頭，傳來準備去上學的孩子嬉鬧聲。

「你喜歡小孩？」麥克問。

Tamon 又看向前方。

「如果往南走，就能見到你在找的小孩嗎？」

Tamon沒反應。麥克聳聳肩，邊走邊掏出手機，打電話。

「知道赫塞和李奇的情況嗎？」

電話一接通，連聲招呼也沒打的麥克開門見山地問。

「兩個人都死了。不只高橋那幫人，條子也在搜捕你。」

「是喔。開車的是日本人，那傢伙還活著嗎？」

肯定有人向警方供出麥克，畢竟李奇和赫塞已經死了，只剩那個日本人最有可能。

「發現時還活著，聽說在醫院嚥下最後一口氣。」

「是喔。」

「應該是那個日本人向條子供出你吧。」

「知道了。再聯絡。」

麥克掛斷電話。他將斜戴的棒球帽拉低到幾乎遮住眼睛，還是小心點，別露臉為妙，免得被警方逮著。

「那男的果然死了。」

Tamon抬頭，與麥克對視。牠那彷彿會將人吸進去的黑眼瞳，映著麥克的臉。

「你知道啦！」

麥克喃喃道。狗擁有人類沒有的特殊感覺，這感覺讓牠們能知曉各種事。

「今後你就是我的家人了。」麥克說。

Tamon 又向前走。

我怎麼可能和小偷成為家人啊——感覺牠好像這麼說的麥克不由得搔頭。

❖

巡邏警車從對向車道迎面駛來，麥克握緊方向盤。

搜捕麥克的是宮城縣警方，不是福島縣警方。

麥克這麼告訴自己，還是無法消弭內心的不安；要是被攔下盤查，要是他們檢查放在後座的行李箱，一切就完了。

當警車從後視鏡上消失時，麥克總算鬆了一口氣。

他瞧了一眼後視鏡，Tamon 面向左邊——也就是南方。像牠那麼聰明的狗，執著起來可是非同小可。

南方有個對 Tamon 來說，無可取代的人。

「我會讓牠忘了。」

麥克踩煞車，前方的信號燈由黃變紅。

一輛賓士越野車在十字路口左轉，開始加速後又突然踩煞車，切換幾次方向盤後，車子迴轉。

麥克瞇起眼，凝視後視鏡。

信號燈轉藍。賓士越野車催油門，朝十字路口直行，挾著三輛小轎車，朝同一個方向急馳而來。

「可惡！」

麥克飆罵。高橋那幫人已經鎖定麥克駕駛的這輛車，洩漏情報的八成是買下這輛車的傢伙，那個專門將贓車賣到俄羅斯和中東的男人。

麥克加速，強行超車，賓士越野車也不甘示弱地超車。

看來和高橋搭上線的那群流氓正在搜尋這輛車。

「Tamon！有點晃哦！坐穩囉！」

麥克用力催油門。下個信號燈由黃變紅，車子並未減速，直接衝過十字路口。

身後傳來警笛聲。賓士越野車在十字路口停下來。

❖

麥克給這隻流浪狗取名「Shogun」（將軍），他很喜歡這個不曉得在哪裡聽到的日文單字。

每天一早，不知從哪裡冒出來的 Shogun 和麥可一起在垃圾堆中挖寶，直到太陽西沉，牠又不知消失於何處。

如果可以的話，麥克很想和 Shogun 一起生活，但他知道爸媽絕對不會答應。也很害怕父親一不高興，就說要把牠宰來吃。

生活就是過得如此清苦。

Shogun 似乎知道麥克家的情況，當麥克準備回家時，牠就會乾脆離去。

「你的鼻子不是很靈嗎？用那鼻子找出很多錢啊！這麼一來，爸爸、媽媽就會答應讓我們一起生活了。」

麥克邊挖寶，邊對 Shogun 說。

對麥克來說，牠是無可取代的存在，療癒了他的孤獨，滋潤無趣的每一天。Shogun儼然是麥克的家人，他無法想像沒有牠陪伴的世界。

「你家在哪裡呢？」

中午時分，麥克會休息一下，躲到陰涼處和Shogun嬉戲；雖然空腹難熬，但和牠一起玩，多少能忘卻挨餓的痛苦。

那天麥克一如往常地和Shogun嬉戲，但玩了一會兒，牠卻突然不停嗅聞。

「怎麼了，Shogun？聞到食物香味嗎？」

麥克詫異地看著牠那不尋常的舉動。Shogun曾經找到一個裝有餅乾的罐子，雖然餅乾有點走味，還是可以吃。麥克忘不了殘留在舌頭上的甜味。

渴望食物的念頭讓胃部咕嚕作響，忍不住流口水。

Shogun停止嗅聞，開始用前腳挖掘一處地方。

「那裡有食物嗎？」

麥克衝上前，和牠一起挖掘。

不久，麥克的指尖碰觸到紙，是油紙，裹著沉甸甸的東西。

「什麼嘛！不是吃的啊！」

麥克噘起嘴，雙手抓起用油紙包裹的東西，然後剝開一瞧。

「這是——」

麥克倒抽一口氣。是一把手槍，錯不了。

「Shogun！這可以換成錢哦！」麥克說。

他雙手握槍，瞄準空中。

「賣了這個就可以換錢。叫爸爸拿去賣，這樣他們就會答應讓我們一起生活了。」

Shogun 搖尾巴。

「走吧！我們去找爸爸，給他看這個，告訴他是你找到的！」

麥克用油紙重新包好手槍，拔腿狂奔，Shogun 緊跟在後。

內心無比歡喜的麥克開心笑著。

❖

車子經由磐越國道，抵達會津若松。

自從在郡山與那輛賓士越野車打照面之後，那夥人應該就知道麥克會開車走一般道路。總之，高速公路與一般道路交互行駛，抵達新潟是比較安全的做法。

可以的話，麥克很想換輛車，但就算要偷車也得等到晚上才方便下手。

麥克開著車，一邊避開主要幹道，往西行，來到快接近阿賀川的一處休息站。他將車子停在停車場外圍，讓 Tamon 下車。小心翼翼地在休息站內走了約五分鐘，確認有無可疑人士。

「晚上再讓你散步個夠哦！」

他催促 Tamon 上車，給牠狗糧和水。

麥克在休息站的食堂吃了豬排丼飯，買了罐自動販賣機的罐裝咖啡解渴後，返回車上。他坐進後座，躺在座椅上。

「要不要過來這裡？」

他問窩在後車廂的 Tamon，牠看著麥克。

「Come on！」麥克說。

Tamon 靈巧地跨過椅背，移動至後座，蜷縮在麥克與椅背之間的狹窄空間。

麥克撫著牠的背，狗毛的柔軟觸感和體溫讓他覺得好舒服。

Tamon 立刻開始打呼。車子行駛時，牠時常起來望向南方，所以就算沒活動也很疲憊吧。

「是不是對我稍微鬆懈了啊？」

麥克問Tamon，沒得到任何反應的他不禁苦笑。

「我不是你的家人，也不是同伴，那個日本人也是吧？我們只是你的旅伴，你的同伴在南方。」

麥克閉上眼。

「但我不能讓你去南方，我們要一起去新潟，從那邊搭船，所以你已經成為我的家人。」

Tamon身子顫抖，後肢痙攣似地動著。麥克睜開眼。

牠在做夢，狗也會做夢。

「做了什麼樣的夢？夢到和同伴重逢嗎？夢終究只是夢，你是我的。」

麥克溫柔地撫著牠的背。

「對不起啊！Tamon。」

麥克再次閉眼，任憑睡魔襲身。

❖

麥克被引擎轟鳴聲吵醒。日已西沉，皎潔圓月高掛夜空。

他起身，凝望車窗外，停車場還停著不少車子。發出轟鳴引擎聲的是黑色轎車，正在倒車停進商店與食堂附近的停車位。

Tamon 動了一下，牠察覺到麥克很緊張。

「沒事。」麥克對牠說。

引擎聲沒了，車頭燈滅了。三名男子下車，一看就知道不是什麼正派人士。

「還真是辛苦他們啊！」

麥克一邊盯著三人的動靜，一邊伸手探向裝著錢的行李箱。看來根本沒時間讓他喘口氣。

不難想像高橋多麼渴望拿到這筆錢。

「黑幫分子也有手頭緊的時候啊……」

三名男子兵分二路，兩個走進休息站，另一個察看停車場裡的車子。

他們肯定知道麥克開的是福斯的四輪驅動車，所以略過轎車和小房車。

「你乖乖待著。」

麥克這麼交代 Tamon，手伸向腳邊，打開塞在座椅下方的工具箱，拿了一把扳手下車。

他繞到停在斜前方的小貨車暗處。

男人邊吹口哨，邊朝這裡走來，他遲早會發現麥克開的車子。

「不就是那輛嗎？」

男人在小貨車前方止步，看著麥克的車子。

麥克偷偷地走近男子身後，用扳手重擊他的後腦杓，只見男子哀叫一聲倒地不起。

麥克扔掉扳手，將男子拖進副駕駛座。

「等我一下哦！」

麥克對朝著昏厥男子低吼的 Tamon 這麼說，隨即關上車門，沿著暗處走向休息站。

遲遲未見另外兩個人從休息站走出來。

麥克抽出塞在後褲袋的折疊刀，劃破他們車子的兩個後輪胎。然後奔回自己的車子，拿起行李箱，催促 Tamon 下車。

牠警戒地瞧著四周。

「好樣的！Tamon。還露出像狼的表情呢！」
麥克微笑。
他左手握著 Tamon 的牽繩，右手拉著行李箱，離開休息站。

4

一步上國道，一直以來的靜謐恍若夢境，熙來攘往的卡車發出的引擎聲與震動感，搖撼著夜晚空氣。
離開休息站，過了阿賀川，麥克選了一條車流量較少的路，往西行。
雖然他想換輛車，無奈周遭都是農地，根本找不到可以下手的目標。
找了兩個小時還是未有斬獲的他決定放棄，沿著國道往回走。
拖著行李箱的右手好痛，最好休息一下比較好，但麥克只想趕快離開這裡。
「你還好吧？」

踩著沉穩步伐的 Tamon 代替已顯疲態的麥克，警戒著周遭情況，因為牠知道必須保護同行的夥伴才行。

有輛往西行的卡車朝他們駛來，只見麥克停下腳步，高舉豎起大拇指的右手；雖然沒有一輛卡車停下來，但他只要看到有卡車駛來就會高舉右手。

總算有一輛卡車停靠路肩。

「要去哪裡？」

卡車司機不是日本人，膚色偏黑，蓄鬍的面孔，應該是來自中東。

「要去新潟。」麥克回道。

「我要去魚沼，要不要搭便車？」

司機對 Tamon 投以溫柔眼神。看來他不是因為麥克，而是因為牠而停車。

「到魚沼也行。」

麥克頷首道謝，在司機的幫忙下，先把行李箱和 Tamon 塞進副駕駛座，自己再上車。

「我叫哈米，你呢？」

「麥克。」

麥克握住哈米主動伸出的手。
「你會講英語嗎？」
哈米用漂亮的英語發音問。
「溝通沒問題。」麥克也用英語回道。
「牠叫什麼名字？」
「Tamon。」
「Tamon……什麼意思？」
「守護神。」
「還真巧啊！我的名字哈米在波斯語也是守護者的意思。」
「伊朗人為什麼會來日本當卡車司機？」麥克問。
「混口飯吃囉！因為這行很缺人，也比較願意雇用外國人，只要你肯認真工作的話。對了，你是做什麼的？」
「我好累，可以稍微睡一下嗎？」
麥克試圖閃避這話題。
「啊，抱歉。你睡吧，到魚沼會叫醒你。我可以摸摸 Tamon 嗎？」

「可以。」

哈米用左手撫著 Tamon 的頭。雖然牠好像還是很警戒，卻沒反抗，唯有聰明又強韌的狗兒不會亂吠。

「我們家也有養狗，是隻柴犬，是我女兒說要養的。狗真的是人類的好夥伴啊！」

「是啊！」

麥克敷衍回應，閉上雙眼。

❖

一群男人找上門是在麥克與 Shogun 發現手槍後，剛好過了一個禮拜的時候。手槍被父親不知賣到何處，然後用賣槍的錢買了肉和蛋，全家人得以大啖好幾天豐盛美食。

為了獎勵 Shogun 幫忙找到值錢貨，父母允許牠和麥克一起生活，也能啃大家吃完的骨頭。

多麼幸福的一週。

然而隨著這群男人出現，一切畫下句點。

男人們殺氣騰騰。

「Shogun！安靜點！」

麥克和 Shogun 躲在家具後面，窺看家中動靜。只見那群男人包圍麥克的父母。

「在哪裡發現那把槍的？」

清楚傳來男人的聲音。

「不、不知道。我兒子養的狗發現的。」

父親吞吞吐吐地說，站在一旁的母親不停啜泣，沒看到姐姐。

「你說是狗找到的？你覺得說這種鬼話唬得了我們嗎？」

「我沒胡說，是真的。」

「那小鬼和狗在哪？」

聽不到父親的回應，只聽見母親哭得越來越激動。

麥克咬脣，那是一把會惹禍上身的手槍。

突然一聲槍響，接著是母親的尖叫聲，槍聲再次響起時，母親的尖叫聲也沒了。

不由得想大叫的麥克趕緊咬著自己的手，Shogun 則是發出低吼。

「不是叫你安靜嗎？」

出聲制止 Shogun 的麥克悄悄探出頭，瞧見慘死的父母屍體交疊倒臥。他們遭到槍殺。

都是我害的，都是我和 Shogun 害的，要是沒找到那把槍就好了——內心剎時湧現悲痛、恐懼與憤怒的情感，麥克不停喘氣。

「快去找那小鬼和狗，應該在這附近！」

男人們分頭搜尋，其中一個人朝他們這裡走來。

「Shogun，怎麼辦？我們會被發現！也會被殺掉！」

麥克向 Shogun 求救，只見牠轉身看向麥克，彷彿在說：「跟我來！」牠那豎起耳朵與尾巴的模樣充滿自信。

「跟著你就對了。是吧？」

麥克點點頭，和 Shogun 拔腿狂奔。為了讓麥克跟上，牠還頻頻回頭，放緩速度。

麥克沒命地跟在 Shogun 後頭狂奔。他一直以為自己對垃圾山摸透了。其實不然，因為牠走的是一條連麥克也不曉得的路，不停在垃圾堆中鑽來鑽去，根本稱不上路的路；兩側堆滿垃圾，那群男人應該看不到麥克他們。

「Shogun！等等！我跑不動了。」

不知跑了多久，麥克氣喘吁吁，腳步踉蹌，再也跑不動的他索性蹲下來。

Shogun 往回走，站在麥克面前，豎起的尾巴悠然搖著，默默地注視他。

「知道啦！」

麥克站起來，再次緊跟在牠後頭狂奔，只覺得肺像著火般灼熱，汗水滴進眼睛，一陣刺痛，早已不曉得自己身在何處。

視野忽然變得開闊。他們奔出垃圾山，來到大街上。

Shogun 加速往前衝，快到麥克根本跟不上。

「等等！Shogun！你跑太快了。」

當麥克望不見Shogun的身影時，突然覺得很不安。爸媽被殺了，姐姐也下落不明。只剩麥克孤單一人。

「Shogun！」

麥克停下腳步，放聲痛哭。

過往行人紛紛投以好奇目光，卻沒人理會他。因為大家光是自己的事就煩不完了。這裡就是這樣的地方。

「麥克！」

傳來姐姐的聲音。麥克看向聲音傳來的方向，瞧見 Shogun 朝這裡奔來，姐姐安琪拉緊追在後。

「安琪拉！」

麥克喚著姐姐的名字。他覺得大他兩歲的姐姐此刻有如神，Shogun 則是跟隨神的天使。

「怎麼了？麥克？Shogun 突然來找我，猛咬我的裙子。我想說可能出了什麼事，趕緊跟過來。」

麥克抱住姐姐。

「爸爸和媽媽死了。」

他哭訴著。

「你說什麼……」

安琪拉怔住，Shogun 抬頭看著姐弟倆。

5

感覺卡車正在減速的麥克醒來，哈米打算將車子停進超商的停車場。

「抱歉，快憋不住了。」

車子停妥後，哈米直奔店內。

天空還很昏暗，停車場停著幾輛車。

蜷縮在麥克腳邊的 Tamon 抬頭。

「你也想上廁所嗎？」麥克問。

只在休息站給牠狗糧和水，Tamon 應該肚子餓了，口也渴了吧。

哈米回到車上。

「抱歉，我要帶牠去小解。可以請你幫忙買些狗糧和水給這傢伙嗎？還有紙杯。」

麥克遞了一萬圓給哈米。

「麻煩你了。」

麥克讓 Tamon 下車，帶牠在超商附近散步。Tamon 對著兩根電線桿小解後，一臉滿足樣。

回到停車場，瞧見坐在駕駛座上的哈米正在吃飯糰。

「這是你託我買的東西。」

哈米隔著車窗，將塑膠袋遞向麥克，袋子裡還裝著零錢與收據。

「這錢你收下吧。」麥克說。

「我可不是為了錢才載你們。」

哈米拒收。

麥克給 Tamon 遞上食物和水，自己也喝了水、抽菸。Tamon 吃完後，麥克將紙杯扔進垃圾箱，坐上副駕駛座。

「可以出發了嗎？」

麥克頷首回應哈米的詢問，再次啟程。

「你也吃吧。我有順便買你的。」

哈米指著放在儀表板上的塑膠袋，裡頭放著飯糰和一瓶紅茶。

「謝謝。」

麥克道謝，卻沒伸手拿。

「不曉得該不該問——」

車子行駛了一會兒後，哈米開口。

「什麼？」

「那隻狗也是偷來的嗎？」

麥克看向哈米的側臉。

「什麼意思？」

「我問你是做什麼工作，你之所以沒回答，因為你幹的是非法勾當，這種事我見多了。那個行李箱也是偷來的吧？裡頭八成裝著錢，所以你才能大方給我萬圓鈔，我也才會問那隻狗是不是偷來的，畢竟感覺牠和你不是很親近，而且你連狗糧也沒帶。」

麥克把手插進口袋，握住刀柄。

「別誤會啦！」哈米說，「我不知道你的來頭，只要放你們在魚沼下車，一切就結束了。我不會通報警方，之所以讓你搭便車，純粹是因為那隻狗。」

「不是偷來的，」麥克回，「牠的主人死了。所以我代為照顧。」

「你殺了牠的主人？」

麥克以搖頭代替回答。

「那就好。」

哈米點點頭，麥克鬆開握住刀柄的手。

「打算從新潟搭船嗎？要帶牠一起走嗎？」

「我自有辦法。」麥克回道。

他想說哈米應該是要問關於檢疫的事。

「你睡著的時候，那隻狗一直看向左方。起初我以為外面有什麼，其實不是，牠是看向南方；而且每次遇到紅燈停下來，牠就會動著鼻子嗅聞。」

「是啊！牠一直很在意南方。」

「可能牠的家人在南方吧，」哈米的口氣很篤定，「我小時候家裡也養狗。我家飼羊維生，養狗是用來追趕羊群。」

麥克伸手撫著縮在腳邊的 Tamon，牠依舊看向南方。

「某天，我瞞著家人偷偷離家去鎮上，但小孩子的腳程快不了，還沒走到鎮上天就黑了。我蹲在路邊一直哭，周遭沒人，一直傳來野獸嘶吼聲，我害怕極了。結果一直哭到天亮，我爸帶著狗找到我。聽說那隻狗發現我不見了，一直朝鎮上的方向吠叫，我爸才知道我可能跑去鎮上，一路搜索才找到我。狗就是有這種能力。」

「我知道。」麥克說。

那時也是 Shogun 把麥克帶到姐姐身旁。牠不是循著氣味，而是知道安琪拉在哪兒。

「南方一定有著對牠來說，很重要的人吧。」

「你到底想說什麼？」

哈米聳肩。

「也許你幹了錯事，但我不覺得你是那種壞到骨子裡的人，就是這麼回事囉！」

「這傢伙是我的守護神。」麥克說。

「或許對某個人來說，牠也是守護神。」

「為什麼突然講這種無謂的事？」

「因為覺得牠很可憐。」

「可憐？」

「狗需要的不是旅伴，而是家人、夥伴，可惜你不是。」

「我也需要家人。」麥克說。

哈米臉上浮現一抹落寞的笑，不再多說。

車子駛離鬧區，急馳在左右兩側陷入黑暗深淵的國道。卡車的車頭燈劃破黑暗，前後方都沒其他車輛。

只有這麼一輛車疾駛在通往黃泉之國的路上——麥克腦中浮現這樣的想像。

車上有個陌生的伊朗人，和一隻不久前才遇見的狗。

一直都是如此。父母離世後，安琪拉和麥克不再於垃圾堆中挖寶，而是當起偷兒，因為不這麼做，根本活不下去。後來，安琪拉迫於現實甚至賣身，麥克也成為人盡皆知的竊賊。

「我可以抽菸嗎？」麥克問。

「我是無所謂，但你要是真心疼愛那隻狗，還是別抽吧。」哈米說。

麥克那本來想抓起菸盒的手停住。

「我有口香糖。」

「給我吧。」

「你果然不是那種壞透的傢伙啊！」

哈米笑著說。

❖

安琪拉與麥克的新窩是停放在市場外的報廢車。

姐弟倆不想再回到垃圾山，就算回去也活不下去吧。一直以來都是父親負責把找到的東西拿去變賣，所以就算找到值錢貨，變賣的事也不是麥克他們說做就能做的。

早上的市場人潮洶湧，安琪拉穿梭人群間搶奪別人的錢包。麥克則是偷水果和肉，然後躲在報廢車後面升火煮食。

沒放鹽，也沒放胡椒，只是烤過的魚和肉一點也不美味，但為了活下去也只能硬著頭皮吞下肚。

Shogun 也是如此。

牠是一流的獵人，總是以麥克無法匹敵的速度和頻率，不知從哪裡張羅來食物。在姐弟倆還沒習慣偷盜之前，要是沒有 Shogun 陪在身旁，他們恐怕會餓死。

不知不覺間，安琪拉將 Shogun 稱為「我們的守護神」。

找到故障車當作新窩的是牠；姐弟倆睡覺時，負責警戒的也是牠；通知巡警即將過來的也是牠，安琪拉和麥克趕緊鑽出車子，躲在陰暗處，直到警察走遠。

Shogun 用盡全力守護他們。

起初，麥克很恨牠。

要不是 Shogun 找到那把槍，爸媽也不會成了槍下亡魂。

但麥克實在憎恨不了拚命守護他們的 Shogun。不求回報的牠一心一意只想守護這對姐弟。

Shogun 體內塞滿純粹的愛。

雖然雙親之死是痛苦又悲傷的現實，但麥克覺得和 Shogun、安琪拉一起努力過活的日子好充實。

不同於只是漫無目的在垃圾山挖寶，如何引開別人的注意力、趁機下手是一門學問，還得不讓人發現小孩和狗躲在報廢車中過活。

每天都得動腦，而且要是發現什麼就會很開心。

雖然一直過著吃不飽，也睡不暖的日子。縱然如此，麥克還是活下來，有心愛姐姐的關愛，和 Shogun 一起努力過活。

Shogun 的樣子變得有點奇怪，是在這種日子持續了一年多後。察覺牠不太對勁的是麥克。

姐弟倆總是將 Shogun 張羅來的雞肉烤來吃，骨頭留給牠。但某天，牠卻一口骨頭也沒啃，無精打采地趴在地上，不停大口喘氣。

「安琪拉，Shogun 怪怪的！牠沒啃骨頭。」

麥克告訴姐姐，安琪拉撫著 Shogun 的背。

「對啊！牠好像很不舒服。」

「怎麼辦？要請獸醫看看才行。」

「我們沒錢啊！」

安琪拉哀傷地喃喃道。她知道 Shogun 即將離開他們，去另一個世界，但麥克不願面對事實。

「我來想辦法籌錢！」

「別傻了。你知道要花多少錢嗎？」

「我一定會想辦法籌到！Shogun，努力撐著哦！」

麥克奔向市場。這一年來，他的偷竊功夫越來越好，勝過安琪拉。他要找那種看起來荷包滿滿的傢伙下手，用偷來的錢帶 Shogun 去看病。

麥克無法想像沒有 Shogun 在身邊的日子，因為有牠的陪伴，他和安琪拉才能掙扎著活下去。

找到了。身材圓滾的中年大叔，坦克背心外罩襯衫，塞在牛仔褲後褲袋的皮夾是下手目標；看他的脖子、手上戴著飾品，皮夾裡肯定有不少錢。

麥克裝作若無其事地接近男子，準備找機會下手。只見中年大叔停下腳步，和熟人聊了起來。

麥可悄悄抽走塞在後褲袋的皮夾，正準備拔腿狂奔時，被男子一把攫住肩膀。

「小鬼，你拿人家的皮夾幹麼？」

麥克還來不及反應便挨揍了。男人毫不留情地不停毆打、踢他、踹飛他。就算麥克已經放棄得手的皮夾，男人還是沒放過他。

麥克醒來，發現自己躺在市場一隅。即便有個渾身是血的少年倒在地上，也沒人出手援助。

他勉強站起來，全身一陣痛楚，頭破血流。麥克腳步踉蹌地想回到安琪拉和Shogun在的那輛報廢車。

「對不起……Shogun。對不起……安琪拉……」

麥克總算走回來，卻瞧見安琪拉在哭。

「安琪拉……」

胃附近有股沉重又冰冷的感覺。忘記痛楚的麥克奔向安琪拉。

Shogun 閉著眼，一動也不動。

「Shogun！」

麥克不斷搖著牠。

Shogun 去了另一個世界。

6

「安琪拉從隔天開始賣身賺錢。Shogun 不在了。我們連要張羅每天的食物都有困難。」麥克說。

「可是安琪拉才十歲，不是嗎？」哈米的聲音顫抖。

「每個地方都有喜歡找小孩下手的變態。其實我也可以賣身，可是喜歡小男孩的都是無恥惡劣的變態，所以安琪拉不准我這麼做。」
東方開始露出魚肚白，Tamon 依然看向南方。
「所以你就真的以偷盜為業。」
「有個男的專門找像我們這種無家可歸的小鬼，組成竊盜集團。我就跟著他了。」
哈米嘆氣。
「Shogun 真的如同牠的名字，是你們姐弟的守護神啊！」
「是啊！要是沒有牠，我們早就死了。」
麥克往嘴裡塞了一片口香糖。想抽菸時，就嚼口香糖，似乎就能慢慢戒菸。
「你後來還有養狗嗎？」哈米問。
他專注聽著麥克坦白自己的可憐身世。
「很想養卻沒辦法養，因為我過著從這條街偷到那條街，從這國家偷到那國家的日子。已經好幾年沒看到安琪拉了。」
麥克邊嚼口香糖，邊揉脖子。為什麼會告訴他這些事呢?不記得了。一回神，就發現自己滔滔不絕地說著。至少哈米是個好聽眾。
「你很想金盆洗手吧。」哈米說。

「為何這麼覺得？」

「因為那隻狗吧。你想金盆洗手，找個地方落腳，和牠一起生活吧？」

「我們這幾個月在福島和宮城幹了好幾票，就像偷屍體身上的財物，我真的厭倦了。」

「願真主阿拉祝福你。」

「我是基督徒哦！」

「有啥關係啊！你金盆洗手，我也替你高興。」

「我們才剛認識耶。」

「有差嗎？我們已經是兄弟了。」

麥克用紙包好吐出來的口香糖。雖然他和赫塞、李奇也是情同兄弟的夥伴，無奈他們已經死了。有著稱兄道弟情誼的他們已經不在世上。

大家都死了。只有麥克還活著。

有人暗地裡嘲諷麥克是「瘟神」、「死神」。

所以想保命的話，千萬別和他一組——曾經有年輕同夥不識相地告訴麥克，前輩給了這樣的忠告。

也許Shogun的死也是因為我的關係。我是瘟神，所以渴望有個守護神。

麥克一回神，發現Tamon仰頭看著他，似乎察覺他有點感傷。

「你是個好傢伙。」

麥克摸摸Tamon的頭。

「再也不打算回日本嗎？」哈米問。

「是啊。要回故鄉和安琪拉一起生活，她有個女兒。」

「叫什麼名字？」

「瑪莉亞。」

「願瑪莉亞幸福。」哈米像唱歌似地說。

「難得兄弟一場，馬上就要道別，好不捨啊！」

「這就是人生，」麥克說，「不管離得多遠，這份情誼不會消失。」

「是啊！我們是永遠的兄弟。」

哈米伸出左手，麥克躊躇片刻後，握著他的手。哈米不是竊賊也不是罪犯，還和他稱兄道弟，應該不會害他丟命吧？

「你認識不需要什麼麻煩手續，就能賣中古車的業者嗎？」麥克問。

❖

麥克的右手拉著行李箱，左手握著 Tamon 的牽繩。

「要是能等到晚上，就可以送你們到新潟，你也不用多花錢。」

哈米跪在地上，緊抱 Tamon。

「這樣就來不及了。」

麥克和中古車業者約十點碰面。他想找個地方吃早餐，和 Tamon 散步，簡單打發時間。

哈米起身。

「祝你一路順風啦！」

「如果來我家鄉，一定要和我聯絡。」

麥克與哈米相擁，兩人在下車前交換聯絡方式。

「Khuda Hafiz.」哈米說。

「什麼意思？」

「波斯語的再見。」

麥克點點頭，目送哈米坐上駕駛座。

「Adiós! Amigo.」（再見！朋友。）

麥克對從車窗探出頭、不停揮手的哈米這麼說。哈米笑了。

「保重！兄弟！」

哈米用日語回道，隨即發動車子。麥克他們在魚沼市郊一間超商下車。

「Tamon，先吃飯吧！」

麥克將水和狗糧遞向牠，自己也吃著哈米給的飯糰。

一下子就吃個精光的 Tamon 又望向南方，鼻子不停嗅聞。

「這麼在意你的同伴啊？」麥克問 Tamon，「你不能成為我的兄弟嗎？」

不理會麥克的牠瞇起眼，一直看向南方，頻頻嗅聞。

「好吧。那你不能死哦！」

麥克解開繫在項圈上的牽繩。

「走吧！」

拍了一下牠的屁股。

「去你要守護的傢伙身邊！」

Tamon抬頭。

「快啊!走吧!你已經自由了。」

Tamon奔跑，跑了約十公尺後停下來，回過頭。

「快走啊!趁我還沒改變心意。」

麥克揮趕，Tamon全速奔跑。

目送著牠那越來越遙遠的身影，「Adiós, Amigo!」喃喃自語的麥克扔掉手上的牽繩。

7

哈米用電視遙控器調高音量，現在是全家人聚在一起吃晚餐的時間。哈米和妻子啜著咖啡，女兒映美和柴犬健太嬉戲著。

「今天傍晚，新潟北碼頭發現一具身分不明的外國人屍體，屍體上有許多刀傷。

新潟縣警方正在調查死者是否為連續在福島縣與宮城縣犯案的竊盜集團成員。」

電視只有播出打上馬賽克的屍體影像，並沒有提到死者的名字。

但哈米知道死者是麥克。

麥克死了。

「怎麼了？」妻子問。

哈米搖頭，關掉電視。

「沒事啦！今天有點累。我去洗澡，準備睡覺了。」

「是啊！明天也要早起，辛苦了。」

親了一下妻子的臉頰，走向浴室的哈米冷不防將和映美嬉戲的健太看成那隻叫Tamon的狗。

麥克死了。那……Tamon呢？

「麥克應該會讓Tamon去南方。」

哈米喃喃說著波斯語，接著說了句西班牙語：

「Adiós! Amigo.」

第三章

夫婦與狗

1

「那是什麼？」

中山大貴趕緊停下腳步，因為有個東西從前方幾公尺的草叢竄出。是野豬？還是小熊？若是後者，那麼母熊也在附近，這樣就太危險了。

就算走在荒僻山徑也不會變快的心跳驟然加劇。

只見那傢伙左看右看，鎖定大貴，隨即轉身與他對峙。

「原來是狗啊……」

大貴鬆了一口氣。確實是狗沒錯，雖然體型與狗毛類似德國牧羊犬，但總覺得小了一圈，應該是雜種犬吧。

「你怎麼會跑來這種地方？」

大貴問狗，只見牠稍稍豎起耳朵。狗嘴巴一帶的毛色變黑，可能是因為捕食野鼠之類的東西，而沾上了血吧。看那項圈破破爛爛的，八成吃了不少苦。

「從哪裡逃來的啊？獨自在這荒山中生存很辛苦吧？」

大貴取出放在背包邊袋的水壺，喝了幾口。

陽光從樹葉縫隙間遍灑下來的登山步道好悶熱，這裡是牛岳山腰一帶。大貴每週兩次搭車到登山步道口，然後登至山頂再下山。

對他來說，這座山是鍛鍊體能的絕佳練習場。

狗直瞅著喝水的大貴。

「口渴嗎？」

大貴問。好像聽得懂的狗走向大貴。

「分你喝吧。」

大貴用左手掌盛水，伸至牠嘴邊，狗靈巧舔著。

「你有點髒耶。」

狗的身體髒髒的，肯定是和主人分開後，在這山裡徘徊多日。狗嘴四周的黑色凝塊，果然是乾掉的血。

「你應該餓了吧？」

餵完水之後，大貴卸下背包，分了些事先準備的餅乾給牠。狗兒卡滋卡滋嚼著，仔細一瞧，瘦到連肋骨都看得到。

「獨自獵食也很辛苦吧。」

只見吃完餅乾的牠瞇起眼睛，望著登山步道前方，鼻頭不停蠢動，似乎嗅到了什麼氣味。

「獵物的氣味嗎？去吧！努力獵到哦！我也要走了。」

大貴背起背包，輕敲一下狗頭，再次出發。

狗卻突然奔到他前方，回過頭，露齒低吼。

「什……什麼嘛……」

狗開始吠叫，還發出低沉咆哮。

「我給你水喝，給你東西吃，你竟然恩將仇報？」

停下腳步的大貴一副警戒樣，狗不停吠叫。

「饒了我吧……」

大貴搔搔頭，往後瞧。從這裡到山頂還得走上四十分鐘，再這樣耗下去，只能折返了。

他再次看向那隻狗，雖然牠依舊露齒吠叫，卻沒有撲向大貴的意思。

「我想往前走，知道嗎？我想登頂。」

狗忽然不再吠叫，似乎不想再跟大貴周旋下去，退到狹窄的登山步道旁。

「我可以走了嗎？」

大貴這麼問，狗沒反應。他疑惑地偏著頭，繼續往前走。

「這隻狗真怪。」

可能是中途休息的緣故吧，腳步變得沉重。大貴一邊調整步伐速度，一邊朝山頂走。他和那隻狗道別後，走了一段筆直步道，總算來到往右拐的緩坡道。

大貴走到拐彎處，突然停下腳步。步道正中央有個黑色塊狀物，還冒著熱氣，那是野生動物的糞便。

「難不成……」

排泄物那麼大的動物恐怕只有亞洲黑熊了。要是遇上的話，可就慘了。原來這山裡有熊。

從排泄物還冒著熱氣來看，應該剛排泄不久。大貴警戒地張望登山步道兩側的森林，沒任何異狀，也沒聞到什麼氣味。

「多虧那傢伙啊……」

大貴回頭。也許黑熊聽到牠的低吼，嚇得逃掉吧。

「今天就到這裡吧。」

大貴往右拐，開始下山，來到他和那隻狗道別的地方，沒看到牠的身影。

「喂！狗狗！還在嗎？」

大貴朝森林大喊。遠處傳來踏著枯草的沙沙聲，大貴又一副警戒樣。

「狗狗，是你救了我嗎？是你的話，就吠一下吧。」

大貴握拳。自從他開始挑戰山徑越野賽之後，便在背包上掛著用來嚇退熊的鈴鐺，也一定會攜帶用來擊退熊的噴霧器；但這幾年下來一次也沒遇上，想說反正用不到，也就不帶了。

不管是登山也好，山徑越野賽也罷，哪怕少負重一公克也好，這是常識。

朝他走來的腳步聲比較輕盈，應該不是熊。

竹林搖晃，剛才那隻狗竄出。

「你還在啊！」

大貴微笑地說。

「剛才你吠叫是要嚇跑熊吧。因為你聞氣味就知道有熊在附近，是吧？」

狗抬頭望著大貴，從那對清澄雙眼，感受得到強烈意志。

「你是我的救命恩人。如何？要不要和我回家？和我回家就不必擔心餓肚子囉。」

狗搖尾巴。

「哦？你要跟我回家嗎？好，一起走吧！」

大貴看著狗，邁開步伐。牠也配合大貴的速度走著。

好聰明的狗——大貴心想。

牠是因為什麼原因而流浪到這裡？莫非在找主人？

「你的主人在哪裡啊？」

大貴問。可想而知，狗沒任何反應。

2

「我回來了。帶了一位家族新成員哦！」

大貴快活地說。忙著做事的紗英沒空搭理。

「我說我回來了，別裝沒聽到啊！」
站在玄關的大貴大喊。紗英嘖了一聲，停下手邊工作。
「我得做完這禮拜要寄出去的置物盒才行，什麼事等我有空再說。」
「你過來一下啦！我們家有新成員。」
「新成員？」
紗英疑惑地站起來。她知道自己繃著一張臉，每次被大貴的無聊事打斷工作時就會臭臉。紗英一邊用手鬆弛雙頰肌肉，走向玄關。她那未施脂粉的臉部肌膚很粗糙，每次一忙起來就無暇護膚。
「幹麼啦！什麼家人——」
紗英頓時愣住。
大貴的右手握著像繩子一樣的東西，繩子的另一端繫著一隻有點髒的狗。
「搞什麼啊？這麼髒的狗。」
「我登牛岳時，差點被熊襲擊，多虧牠才撿回一命。為了報救命之恩就帶牠回來，可以養吧？」
紗英咬唇。雖然大貴擺出一副徵詢紗英意見的態度，但紗英知道他只是做做樣子罷了。

大貴一旦決定要養，就是養定了。

「我先洗個澡再去店裡。紗英，你可以幫牠洗澡嗎？我光是摸摸他，手都黑了。」

「等等！我這禮拜得把商品寄出去才行，而且——」

「拜託啦！車上有我買的狗糧和洗髮精。」

大貴將繩子——牽繩硬是遞給紗英，旋即走進浴室。

「這個人真是有夠我行我素！」

紗英斜睨大貴的背影，突然覺得牽繩被拉了一下，她看向狗。

牠一動也不動，眼神沉穩地仰頭望著紗英。

「你真的很髒耶。應該是野狗吧？不過倒是挺親人的。」

紗英雖然很氣大貴的自作主張，卻又抗拒不了狗的無邪眼神。

「過來！我幫你弄乾淨。」

紗英牽著狗，步出屋外。夫婦倆買下這棟屋齡八十年，庭院也不小的古民家並重新裝潢。

大貴想說方便洗車之類的，自己動手將車庫周遭改成混凝土地。

紗英將牽繩繫在車子的後視鏡上。

「等等哦！」

車上果然如大貴所言，放著狗糧、裝狗大便用的塑膠袋，還有狗狗專用洗髮精。放在後座那個看起來有點髒的東西，好像是牠原本繫在脖子上的項圈。

紗英拿起項圈，上頭掛了個小牌子，寫著狗名的字跡已經模糊到無法辨識。

「不曉得名字還真傷腦筋啊！」

紗英拿起洗髮精，關上車門，拿起繫在車庫旁水龍頭上的塑膠水管，切換成蓮蓬頭模式，因為平常洗車時，都是採高壓沖水模式。

「有人幫你洗過澡嗎？」

紗英這麼問。狗只是盯著她看。

「一點都不可怕，我會幫你洗得很乾淨哦！你也不喜歡渾身髒兮兮的，對吧？狗狗都喜歡乾淨呀！」

紗英一握把手，塑膠水管立刻噴水；雖然牠一時顯得有點畏怯，但馬上鎮定下來。

「好乖喔！願意相信我呢！」

紗英朝牠噴水，狗立刻渾身溼淋淋，腳邊一大灘黑黑的髒水。

「我有多久沒幫狗洗澡呢……」
紗英一邊幫牠清洗身體，喃喃自語。
紗英的老家一直有養狗，父親什麼狗都喜歡，而且一直是由紗英負責幫狗兒洗澡。後來離家就讀金澤大學的她，就此離開有狗為伴的生活。
「應該超過二十年吧……」
紗英彎腰，將手指伸入狗兒濡溼的毛海裡，溫柔地幫牠按摩；希望使用洗髮精前，能盡量搓掉牠身上的污垢。
她身上的T恤溼了，牛仔褲褲腳也溼答答的，反正本來就打算明天換洗。
「要用洗髮精囉！」
暫時關掉水，將適量的洗髮精直接倒在牠的背上，再用雙手搓揉起泡。
狗兒一直努力忍耐著。
「你很了不起哦！」
紗英窺視牠的眼睛。雖然不喜歡洗澡，卻努力忍耐著——紗英感受到牠的心情。
「你很信得過人類呢！」
幾乎沒起什麼肥皂泡，足見牠的身體有多髒，先用洗髮精洗一次，再倒一次洗髮精用來起泡。

「變乾淨了呢！你也覺得很清爽吧？」

紗英不停跟牠說話，因為這是舒緩緊張情緒的最佳方法。

「被陌生人帶來這裡，又突然被迫洗澡，一定覺得很討厭吧。你卻乖乖忍耐著，真是了不起。」

待狗兒全身都是肥皂泡後，紗英停手。

「好瘦喔！瘦到都看得到骨頭了。洗完澡就給你吃飯，多吃一點哦！」

紗英用水沖掉肥皂泡，從牠身上滴落的不再是黑水。

清洗完後，紗英從車庫最裡面拿了幾條舊浴巾，幫牠擦乾。足足用了三條，狗兒的身體才不再滴水。其實紗英還想用吹風機幫牠吹乾，但一想到回屋裡拿東西就得和大貴打照面，就覺得很煩。

「我們去散步吧。天氣這麼好，走個三十分鐘就乾了。」

紗英拿起牽繩。

❖

紗英散步回來後，沒看到大貴的車子，心想果然如他所言，去店裡了吧。

大貴經營戶外用品專賣店，明明店裡生意不怎麼樣，但每到夏天，為了參加山徑越野賽的他總是花很多時間練習；秋天到隔年初春則是上山滑雪，幾乎把看店的事丟給工讀生。

家裡的主要收入來源是紗英經營的網路商店，賣的是紗英栽種的有機蔬菜和彩繪玻璃裝飾品；雖然五年前才開始經營，但靠著口碑相傳，客源不斷增加，前年業績甚至超過五百萬。因為不太需要什麼管銷成本，所以足夠支付房貸、車貸，維持夫婦倆的基本生計。

大貴約從三年前開始迷上山徑越野賽，那時紗英的網路商店總算步上軌道，所以不用拚了命做也不至於太差，大貴也就敢大膽地丟著店不管，過著每個禮拜幾乎一半時間都待在山上的生活。

大貴是迴游魚，必須不停游動，才不會往下沉，一直以來都是如此。總是充滿活力、爽朗的他不知怕生為何，和別人一下子就能成為朋友。

這隻狗恐怕也是這樣和大貴邂逅，跟著他回家。

紗英用抹布擦拭牠的腳底，讓牠進屋。狗也是家人，當然要養在家裡——父親硬是這麼說服母親。

紗英拿起隨手擱在桌上的狗糧袋子，倒了一些在碗裡，放在狗的面前。

只見牠頻頻嗅聞，遲遲沒開動。

「你在客氣什麼？快吃啊！」

聽到紗英這麼說，牠才大快朵頤，可能飢腸轆轆吧，碗一下子就空了。

紗英又添了些狗糧。

「不能再給囉。要是一口氣吃太多，胃脹難受就糟了。」

只見狗糧又瞬間一掃而空。牠用乞求眼神看著這個家的女主人，紗英不理會。

寵物專用廁墊擺在廚房一隅。

「從今天開始就把這裡當作自己的家吧。但是不可以隨地大小便哦！一定要在這裡上廁所。我還有工作要忙，衣服也還沒洗，暫時沒辦法陪你，知道嗎？」

雖然狗兒豎起耳朵聽訓，但紗英一說完，牠就無趣似地打了個哈欠。

紗英走進浴室，換掉因為幫牠洗澡而溼透的Ｔ恤和牛仔褲，然後連同大貴穿過的運動衣褲一起丟進洗衣機，按下啟動鈕。

她一回到廚房，狗隨即走向客廳，趴在可以看到窗外風景的地方，一副牠始終生活在這個家的熟門熟路樣。

「你在看外面嗎？還是在找什麼？」

聽到紗英這麼問的牠立刻豎耳，卻仍舊一動也不動地凝望窗外。

「必須幫你取名字才行。」

這麼說的紗英其實早就想好了。

克林——是紗英小時候家裡養的拳師狗。因為父親是克林・伊斯威特的粉絲，便給狗取這名字。牠是隻溫柔的公狗，也是紗英的好夥伴。

「那我要去工作囉。」

克林——紗英默默在心裡喚這名字。

狗兒回頭，像在說「知道了」似地搖尾巴。紗英頓覺心頭暖暖的。

為什麼忘了和狗一起生活的喜悅？為什麼沒想起狗狗帶給我的愛與快樂呢？

紗英坐在狗——克林的身旁，將手放在牠的背上。剛洗完澡的狗毛好柔軟、摸起來好舒服，頓時有一種已和克林生活好幾年的錯覺。

紗英躺下來，面頰挨著牠的身體；克林一點也不嫌惡，完全接受她的親密舉動。

3

紗英專注焊接東西時，手機響起。是大貴來電。

紗英嘖了一聲。專注力一旦被打斷，要再重拾可不是件容易的事，所以紗英一再提醒大貴別在工作時打給她，說到嘴都痠了。他還是當作耳邊風。

「喂？」

紗英口氣不耐地接聽電話。

「喂，我啦！剛才和明打電話給我，約我今晚去喝兩杯，所以不必煮我的晚餐。」

和明是大貴的滑雪同好。一到冬天，同好們就會相約去立山連峰等地方，享受滑雪樂趣。

「你記得自己今天帶回來一隻狗嗎？」

「當然。怎麼可能忘記啊！那傢伙是我的救命恩人呢！」

「救命恩人在家裡度過的第一個晚上，你要去和別人喝酒？」

「我們有重要的事情要談啊！」

大貴不帶絲毫歉意地回道。

「滑雪季不是才剛結束嗎？」

「我們不是只有聊滑雪的事啊！反正有你在家就行了。不是嗎？我記得你娘家養過狗。」

「是沒錯……」

「那就拜託你啦！」

「等一下——」

紗英拚命叫住準備掛斷電話的大貴。

「幹麼啦？」

「要給那隻狗取名字呀！我是想到——」

「通巴，我剛剛想到的，這名字不錯吧？就是取自阿爾貝托・通巴。」

大貴說的是前奧運、世界滑雪冠軍的名字。

「我——」

「掛囉。」

不等紗英說完，電話就掛了。反正總是這樣，紗英也習慣了。

不知不覺間，克林來到她的腳邊。

「什麼通巴，難聽死了。對不對？」

紗英撫摸克林的頭。

「我們先去散步，回來再吃飯吧。」

雖然已是傍晚五點多，天色還很亮，越接近夏天，日照時間也越長。

紗英走向玄關，克林也跟上來，牠知道要出門。牠肯定是有人養過的狗，而且很聰明。

紗英將牽繩繫在項圈上，步出屋外，微溼空氣輕撫露出衣服外的肌膚。

步出庭院，朝廣闊田地一帶漫步前行。雖說住在富山市，但紗英他們家是在山裡的小村落，鄰居多是上了年紀的老者，很少聽到小孩子的聲音。

稍微往西走是南砺市，往南則是與岐阜交界的縣境，四周群山圍繞。

紗英的娘家也在富山市，卻是在沿海一帶，所以直到現在她還是比較想住在看得到海的地方，無奈大貴完全相反，看似運動好手的他其實是旱鴨子。

住在離海那麼近的地方，萬一海嘯來，我就死定啦——三年前，大貴看到海嘯襲擊東北太平洋沿岸的新聞影像，著實驚嚇不已。

總之，住在偏僻山區村落是大貴的意思，從來沒徵詢紗英的意見。從初識時就是這樣，笑容爽朗、溫柔可靠、十足行動派的運動男大貴逐漸主導一切。

當兩人相戀、決定攜手共度人生，紗英終於明白自己有多膚淺。

大貴待人溫和，無論是妻子、朋友，還是點頭之交，他都一視同仁對待。行動派與不夠深思熟慮往往是一線之隔。就連要做出重大決定時，大貴也是草率判斷，單憑當時心情而定。

他不是那種會體貼對方、引導對方的人，而是抱著自己想做什麼就做什麼，主觀主導一切的傢伙。大貴就是這樣的男人，並非人品不好，但絕對不是理想的另一半。

並非人品不好，所以紗英選擇忍耐。

然而，這一點也讓她猶豫著是否要離婚；乾脆想說他就是個品行惡劣的傢伙算了，這樣紗英便能掙脫婚姻這個束縛。

紗英和克林走在兩旁皆是農田的道路，瞧見正在奮力除草的老婆婆，看她那彎身的弧度，應該是與他們家隔了三戶人家、位於左邊的鄰居藤田澄女士，年近九十的她是個依然精神矍鑠的女中豪傑。

紗英剛開始嘗試種菜時，就是藤田婆婆手把手地教導她。

「紗英，你養狗啊？」

瞥見紗英與克林的藤田婆婆直起腰桿，問道。克林聞聲只是豎起耳朵，依舊一派沉穩，顯然很有自信應付各種狀況。

「我家那口子在山裡發現，帶回來的。說什麼多虧牠才趕跑熊……」

紗英帶著克林走進田間阡陌，站在藤田婆婆身旁。

「看起來很聰明的狗呢！」藤田婆婆說。

「真的很聰明呢！明明今天才來我家，卻一副在我家已經生活好幾年的樣子，什麼規矩都不用教。我想牠一定被好人家飼養過，怎麼會流落山裡呢……」

「長得很不錯呢！」

克林大方嗅聞藤田婆婆伸向牠的手。

「要吃地瓜嗎？我帶了幾個，想說餓了可以吃，可是到了這把年紀，食慾也變差囉。」

藤田婆婆打開可愛的粉紅色腰包，拿出用鋁箔紙包的地瓜，只見克林的鼻子不停蠢動。

「可以給牠吃嗎？」藤田婆婆問。
「當然可以。」
「這是我田裡種的地瓜，農藥什麼的都沒用哦！」
藤田婆婆剝開鋁箔紙，剝了一塊地瓜遞向克林的嘴邊，牠小口小口地吃著。
「哦，挺有教養呢！」
藤田婆婆笑著說。她似乎很喜歡有教養的克林，不停剝地瓜給牠吃。
「好孩子，真是個好孩子啊！」
地瓜被克林吃個精光，婆婆輕撫牠的頭。
「大貴怎麼啦？那小子怎麼會帶牠回來啊？看來他又我行我素啦！然後要你擦屁股，是吧？」
紗英苦笑。
「趕快離開那種男人吧。以紗英的條件，多的是男人搶著要，我也可以幫忙介紹喔。」
「到時就麻煩您了。」
紗英微笑接受藤田婆婆的好意。

「大貴不是壞男人，卻讓女人不幸。他啊，就是那德性，已過了不惑之齡吧？怎麼還像個長不大的孩子呀！」

「也許吧……不過他也有優點啦！」

「不好好工作，總是往山上跑、滑雪，單身的話沒關係，但他可是有家室的男人啊！」

藤田婆婆舉起手，像揮趕蒼蠅似地在自己面前揮啊揮的。

「要是不趕快離婚，賠上人生的可是你啊！對了，這孩子叫什麼名字？」

「克林。」紗英回道。

「演過義大利西部片的克林．伊斯威特，是吧？再拿地瓜給你吃哦！有好孩子陪在紗英身邊，真是太好了。」

「謝謝您的地瓜。先走囉。」

「等等！紗英，還有件事沒說。」

藤田婆婆喚住轉身準備離去的紗英。

「什麼事？」

「明年這塊田可以交給你嗎？」

「您的田地嗎？」

紗英已經向村子的農會借了二十畝田種稻，足夠夫婦倆一年份吃食，還能分送給彼此的家人與朋友，甚至還會剩一點點量，所以不需要增加產量，況且種植有機米十分耗費心力。

「我已經沒力氣耕田囉。紗英啊，你不是在網路上賣菜嗎？」

「是啊！」

「既然有機蔬菜賣得那麼好，米應該也能賣得不錯吧。」

藤田婆婆的話不無道理，確實有顧客詢問是否賣米。

「我也覺得應該會賣得不錯，可是光手邊的二十畝田就夠我忙了。」

「叫你那笨蛋丈夫幫忙不就得了。」

「他也有自己的事要忙——」

「他只忙著享樂吧。總之，你可以考慮一下嗎？我的身體不如以往了，休耕又覺得可惜。」

「是啊，休耕是有點……」

要是不種稻的話，也就不用除田地周遭的雜草，所以沒人耕種的田地一下子就會荒廢，也會影響附近田地。

「我會考慮看看。」紗英說。

「你那笨蛋老公也要好好工作才行啊！」

這麼說的藤田婆婆轉身離去。紗英神情複雜地目送老人家越來越小的背影。

「您慢走。」

向老人家的背影這麼說的紗英重新握好牽繩，邁開步伐。克林配合她的速度跟隨著。

牠不會說話，也不會點頭回應。

只是默默地陪在身旁，為何讓人覺得如此療癒呢？

紗英微笑地看著克林，牠注視著前方走著。

4

「我回來了。」

大貴開門，悄聲喊道。屋內昏暗，紗英應該就寢了。

本來想早點回來的他一時聊得忘情，一回神發現已是深夜，趕緊找代駕開車返家。

怕吵醒紗英的他在昏暗中摸索進屋。

「那是什麼？」

感受到不尋常氣息的大貴怔住，有兩個白點飄浮半空中。

「通巴？」

他想起今天在牛岳遇到的狗，空氣中微微飄散一股洗髮精香味。

待眼睛習慣黑暗，大貴瞧見昏暗中有隻狗。站在走廊正中央的牠看著大貴。

「嚇死我了。還以為心跳停了呢！」

畢竟這裡是山中村落，有野生動物侵入家中也不奇怪。

他拿起總是放在鞋櫃上的頭燈，朝前方一照，通巴瞬間瞇起眼。

「瞧你乾淨得幾乎認不出來啦！紗英做事就是這麼可靠。」
大貴摸摸通巴的頭，走進客廳，整個人癱倒沙發上。
「喝太多了……」
自言自語的他揉著太陽穴一帶。通巴走過來，趴在沙發椅腳旁。
「吃了嗎？」
大貴問。通巴只是抬眼瞅著他。
「過來吧！救命恩人……不對，救命恩犬，我要報答你的救命之恩。」
大貴一招手，通巴隨即起身，跳上沙發。大貴抱著牠。撫摸時的觸感不同於山上那時，狗毛變得好柔軟、好舒服。
「也許紗英已經忘了。但她結婚前常說呢！總有一天要養隻狗。可惜我沒出息，一直沒讓她實現這個願望；但就這麼巧，遇見了你。你該不會是上天要送給我們的禮物吧？」
大貴溫柔撫著通巴的背。他知道紗英很不滿，也明白自己的確不是個好丈夫，開店只求自己高興，根本賺不到什麼錢，夏天參加山徑越野賽，冬天滑雪，過著逍遙的日子。

照理說，應該和紗英一起揮汗耕田，幫忙網路商店寄送商品。其實大貴都知道，但就是做不到。

畢竟滑雪是他懂事以來就愛上的活動，不但曾在全縣中學運動大會奪冠，高中還被選為國家隊選手；隨著夢想越來越膨脹，出賽長野冬奧成了他的一大目標。

無奈高三那年冬天，大貴嚴重負傷。因為速度過快，不慎滑倒，整塊滑雪板刺入堅硬雪塊，右腳慘遭強烈碰撞，右小腿複雜性骨折。

雖然經過手術與復健之後，不會影響日常生活，但成為頂尖選手的夢想澈底破滅。幸好大貴生性樂觀，很快就重新振作，但他始終無法忘懷在覆雪斜坡上滑行的速度感與刺激感。

對他來說，要是無法出賽，重返滑雪場就沒意義了。

幸好身邊有不少滑雪同好不斷鼓勵他。

用自己的雙腳登頂，再用滑雪板滑下來，登山滑雪的魅力立即擄獲了大貴的心。他從標高一千公尺左右，比較容易攀登的山開始練習，逐漸征服更高的崇山峻嶺。

攀登雪山不但考驗體力，也需要技巧。大貴不只熱中滑雪，也愛上登山。

因此，為了增強體能，大貴開始利用夏天挑戰山徑越野活動。

他也立刻愛上這項運動，在高山山脊奔跑的爽快感又是另一番樂趣。雖說這項運動是鍛鍊體能的一環，卻馬上成為他心中的一大目標，期待自己有朝一日能在大賽脫穎而出。

所以他總是扔下工作，縱情山野。

大貴的個性也有缺點，生性坐不住的他，要是不活動就渾身不對勁，只有奔走山野時，才能確實感受到活出自我。

「因為紗英的包容，我才能這麼任性啊！」

通巴直盯著大貴。

大貴的腦子裡突然浮現偶爾在電視新聞看到的法庭情景，檢察官與律師各自主張自己的看法，法官則是默默聽著。

通巴就像法庭上的法官，無關私交，聽取雙方陳述後做出判決。

我有罪？還是無罪？

大貴對自己竟然有此聯想，不禁苦笑。

「今天晚上喝多了吧。」

大貴起身，拿著頭燈走到廚房，從冰箱拿了一瓶運動飲料。

正要關上冰箱時，瞥見有個半透明的塑膠容器，裡頭放著切成大小剛好入口的地瓜。應該是紗英為通巴準備的。

「要吃地瓜嗎？」

大貴問跟來廚房的通巴，只見牠豎起耳朵，搖著尾巴。

「ＯＫ！可是這麼晚了，只能吃一點點哦！」

他從容器取出五塊地瓜，遞向通巴。牠吃完後，整張臉探進餐桌下方，原來紗英將大貴買來的寵物專用廁墊攤放在餐桌下，上頭放著裝了水的陶缽。

「紗英準備的嗎？她真的很能幹啊！」

大貴一口氣喝光運動飲料。

紗英不但獨自擔起家務，還賺錢養家，所以大貴不該抱怨，也不該發牢騷，但他總覺得妻子看他的眼神和結婚前完全不一樣。

「我知道啦！」喝光飲料的大貴對通巴說，「我也知道不能再這樣下去，也知道她不喜歡我那些一起登山、滑雪的朋友，還嫌棄我這種沒出息的老公。」

大貴回到客廳，又癱坐在沙發上。通巴也跳上沙發，將下巴擱在他的大腿。

「我都知道啊！通巴。可是……」

即將邁入不惑之年的他切實感受到體力不如以往。

大貴之前每週只須登山一次就能維持的好體力，近年來要是每週不登個兩次就覺得狀況不太好，甚至覺得光靠跑步不夠，還得上健身房。

只是這麼一來，不但無法好好經營自己的店，和紗英相處的時間也越來越短。

大貴知道紗英看他的眼神逐漸改變，與愛妻的距離越來越遠。

必須設法補救才行——明知如此，卻不曉得如何是好。他只覺得自己的焦慮感倍增。

大貴想盡自己所能，成為頂尖的跑者，但這願望何時能實現？

「再五年，紗英。要是五年還是不行，我會放棄，所以請你再給我一些時間。」

大貴朝著紗英就寢的臥室，這麼說。

什麼頂尖跑者啊！你是專業選手嗎？有沒有搞錯啊——大貴的耳畔響起夥伴的揶揄聲。

「再給我五年！如果還是不行，我會幫忙種田，要我做什麼都行。」

睡魔襲身，大貴伸手關掉頭燈。

燈光滅掉前，映入大貴眼簾的是一派法官模樣，抬頭望著他的通巴。

他摸摸通巴的頭，閉上雙眼，隨即沉入夢鄉。

5

紗英一早就很忙碌，因為不停有人下單訂購萵苣等葉菜類夏季蔬菜。天還未亮，她便起床工作，採收農作物、打包、準備寄送等作業，還得抓空檔時間吃飯，帶克林出門散步。忙到無法喘口氣的身體肯定吃不消。

至少張羅飯菜、帶狗去散步之類的事可以主動說要幫忙，無奈八點多起床的大貴只會嚷著肚子餓，也沒有要帶克林出門散步的意思。

多虧了誰，才有現成的飯菜可吃啊！

多虧了誰，你才能做你喜歡做的事情啊！

紗英忙著處理寄給客人的收據，不滿的情緒逐漸在心裡擴大。

「我走囉！」

早上十一點多，大貴準備去顧店。

接近中午才開店，下午六點結束營業，在如此不景氣的時代，之所以能開店開得這麼隨興，全拜紗英不惜犧牲睡眠時間，努力工作之賜。

感覺大腿一帶有點溫熱的紗英冷不防回頭，原來是克林湊過來。

「啊，對不起喔！克林。」

紗英擱下筆，將手放在克林的背上，狗能敏銳察覺人類情緒的波動，也許牠感受到紗英越發焦躁的情緒。

「我有點情緒不佳，害你也跟著不開心嗎？」

克林趴在紗英的腳邊，看向外面。不知從何時開始，她發現克林常常望著西方，正確來說，應該是西南方。

西方有什麼嗎？紗英問了牠好幾次，可想而知，得不到任何回應。

莫非只是偶然嗎？還是牠原本的主人家在西方呢？

紗英曾將克林的照片放上社群平台，詢問有沒有人認識牠的飼主。因為克林是隻很有教養的狗，足見主人十分疼愛牠，要是因為什麼突發事故迫使牠和主人走散的話，主人肯定急著四處找吧。

然而遲遲沒有任何消息，也沒有絲毫線索可循。

「你到底是從哪裡來的啊？」

紗英問趴在地板上，望著西方的克林，豎起耳朵的牠卻一動也不動。

手機響起，紗英反射性地拿起手機接聽。

「喂？」

「請問是『風之里』嗎？」

電話彼端的女人脫口而出紗英經營的網路店家名稱。猜測對方應該三十幾歲吧，聲音頗為宏亮。

「是的。」

「我前幾天向你們訂購了萵苣和小黃瓜，昨天收到了。」

帶有敵意的聲音讓紗英有所警戒。克林起身，窺看紗英。

「我切開萵苣，發現有菜蟲，居然有菜蟲！」

「真的很抱歉。我們家的蔬菜採有機栽培，基本上採收時都會檢查，但有時難免會疏忽，所以在官網上有特別說明——」

「你在說什麼啊？居然有菜蟲耶！我不管有沒有用農藥啦！居然販售有菜蟲的蔬

菜也太扯了吧。要是誤食菜蟲，你們打算怎麼負責？」
對方的聲音越來越歇斯底里。
「所以我們在官網上有詳細說明這種情形。」
「難道是我的錯嗎？沒看說明就打電話投訴是我的錯囉？」
「不是的，我不是這意思——」
「我只是想吃對身體好又美味的蔬菜，要是早知道有菜蟲，我才不會訂呢！你們到底是怎麼把關商品品質啊？」
有菜蟲又不會怎麼樣，洗乾淨還是可以吃啊！紗英忍住想反駁的衝動。
「真的很抱歉。如果您希望退費的話，我們一定會受理。」
「當然啊！誰會花錢買有菜蟲的蔬菜啊！你們這樣分明是詐欺、詐欺！」
紗英握著手機的手微顫。有時也會接到這種意想不到的客訴電話，但還是初次聽到如此傲慢的口氣。斥罵對方的言詞就快迸出口。
紗英和克林四目相對。
幫幫我！克林。幫幫我——紗英拜託克林。
克林將下巴枕在紗英的大腿上，牠的溫暖瞬間融化紗英結凍的心。

「我會立刻為您處理退費事宜，因為有些必要手續，還請您撥冗看一下我們的官網說明。此次造成您的不快，真的很抱歉。」

「不會再買你們家的東西了！」

對方旋即掛斷電話。

紗英忿忿咬唇，輕撫克林的頭。

「謝謝。要是沒有你，我可能會飆罵回去吧。明知做生意不能這樣……」

克林抬起頭，舔舔紗英的手。

別在意這種事啦——感覺牠似乎這麼說。

「也是啦！我得振作起來才行，畢竟還有一大堆事情等著處理呢！」

紗英握著筆，繼續處理寄送商品的事。

過了一會兒，手機又響起。紗英戰戰兢兢地確認來電者。

是大貴打來的。

「喂，是我。」

「知道啦！幹麼？」紗英不耐煩地回道。

「想說別浪費這麼好的天氣，我等一下要去牛岳，晚餐可以吃漢堡排嗎？」

大貴總是不在乎紗英的感受與心情。

「我已經忙到焦頭爛額了。老公沒問要不要幫忙，只想著自己去快活，這就算了。拜託！漢堡排可是要花時間做的料理！」

紗英忍不住發牢騷。

「你生氣啦？」

「沒有！」

以往紗英總覺得大貴很天真，現在只覺得他神經大條，根本不懂得察言觀色、體貼別人。

「你也知道啊！我受不了那種機械式工作。我也想幫你啊！但就是做不來。」

「不覺得你這種說法很自私嗎？太過分了。」

「對不起、對不起啦！」

大貴的聲音絲毫不帶歉意，惹得紗英更惱火。

「總之，我要去牛岳囉！晚餐隨便弄弄就行了。」

大貴旋即掛斷。紗英握著手機，忍不住嘆氣。

「為什麼連一句辛苦了、還好嗎？都不會說呢？明明一句話就能療癒我的心情。」

雙手掩面的紗英突然覺得好無力，淚水不禁淌落。明明曾經那麼愛他，愛得那麼刻骨銘心，明明發誓結婚後要讓我幸福。

紗英伸手撫摸克林，只有牠能安慰傷心的自己。

「謝謝你陪在我身邊。」

紗英將臉埋進克林的毛海裡啜泣。

6

「通巴，過來！」

大貴癱倒在沙發上的同時，喚著通巴。只見通巴腳步輕盈地奔向他，跳上沙發。大貴抱著牠，用力搔撫著牠的頭、背部與前胸。

通巴露出開心表情。

「白天發生了什麼事嗎？紗英心情不好？」大貴問通巴，「從我回來到吃完飯，她都沒跟我說過半句話。」

大貴窺看一眼浴室。洗完碗盤後沐浴是紗英的習慣。

「晚餐居然是咖哩調理包！以前就算再怎麼忙，紗英也會慢慢熬煮、做出滋味濃郁的牛肉咖哩。我真的好喜歡吃紗英做的咖哩，感覺好久沒吃了……不對，上個月才吃過啊！」

大貴苦笑著搔頭。

「感覺她最近心情一直很差啊！你是不是知道什麼啊？」

通巴搖搖尾巴。

「我不是女人也知道為什麼啦！應該是工作過度，太操勞吧。」

其實大貴也知道多虧紗英那麼努力工作，自己才能任性做喜歡的事。

「我也會體諒她啊！難道我做得不夠嗎？」

通巴不斷搖尾巴。紗英的情緒讓家中氣氛十分凝重，迫使大貴只想躲得遠遠的，但自從通巴來了之後，情況似乎不太一樣。

因為通巴那搖個不停的尾巴攪拌了凝重氣氛嗎？

「你也覺得我做得不夠嗎？這就是我的缺點吧。不懂得察顏觀色，總是只顧著做自己喜歡的事。你覺得我到底該怎麼做?」

通巴跳下沙發,站在通往客廳的門前,回過頭。

「幹麼?要我跟過去?」

大貴起身,通巴奔出客廳。

大貴跟在後頭,來到玄關的牠抬頭望著掛在牆上的牽繩。

「現在出門散步?饒了我吧。」

大貴停下腳步,雙手扠腰。

只見通巴突然很失落似地走過大貴身旁,回到客廳。

「你到底在幹麼啊?」

大貴疑惑地偏著頭,返回客廳。通巴縮著身子,趴在沙發上。

「你這傢伙到底想說什麼?想說就說啊!」

只見大貴怕踩到通巴似地,小心翼翼地坐在沙發邊端。

「你帶我去看牽繩不就是想去散步嗎?傷腦筋啊……居然是狗給人類出題猜謎。」

唱著獨腳戲的大貴無奈地笑著。

「你要是真的能說話就好了。」

大貴撫著通巴，瞬間感受到一股電流奔竄體內。

「原來如此……你是想告訴我，紗英都是天還沒亮就去田裡工作，希望我能代替她，帶你出去散步，是吧？」

看來通巴要大貴看一眼牽繩，就是這意思。

「沒想到你這麼聰明，還會提醒我要怎麼做。要是這麼做能讓紗英心情變好就太好了。等一下哦！」

大貴走向廚房，從冰箱拿了罐裝啤酒和煮過的地瓜，坐回沙發。

他啪地一聲開罐，將啤酒罐貼近通巴的鼻子。

「乾杯！希望紗英心情變好。」

大貴喝了一口啤酒，將地瓜遞向通巴。

「這是謝謝你提醒我該怎麼做的謝禮。從明天開始，由我早上帶你出門散步吧。看來得早一點起床囉！」

大貴笑著，繼續暢飲啤酒。

7

忙完農事的紗英返家，沒看到大貴和克林的身影。

前幾天，大貴突然說：「早上帶通巴出門散步的事就交給我吧。」

紗英心想八成只有三分鐘熱度吧。沒想到大貴和通巴的晨間散步一直持續著。

很謝謝大貴幫忙帶狗出門散步，但沒順便幫通巴準備早餐，還真符合他的作風。

結果用溫開水泡軟狗糧，然後將器皿洗乾淨再盛水的工作還是落在紗英頭上。

狗狗吃完固體狗糧，再喝水的話，狗糧會在胃裡膨脹，引發胃絞痛等症狀。克林剛來時，大貴有時會直接倒些狗糧給牠吃，紗英一再提醒他不能這樣，但大貴總是埋怨「好麻煩喔！」索性不弄了。

「哪會麻煩啊！弄你要吃的東西才麻煩呢！還有，牠叫克林，不是通巴。」

大貴一直叫牠通巴，紗英則是叫牠克林，即便對同一隻狗喚不同名字，兩人也不在意，克林則是不論叫哪個名字都有反應。

「我們就是這樣的夫妻。」

紗英用溫開水澆淋碗裡的狗糧。

溫開水一下子就冷掉了。十幾分鐘後，泡過的狗糧也變形。

愛也是如此。紗英和大貴之間的愛，在這十幾年歲月中逐漸冷卻，失了形體，再也回復不了原樣。

紗英光是這麼想，就忍不住落淚。一想到是因為大貴才會這麼傷心就很生氣，淚水更是止不住。

自己選擇和大貴共度人生，所以根本是自作自受。

紗英自言自語。

不想更討厭大貴。

淚水止不住。紗英洗著因為農務而沾滿泥土的雙手，用溼溼的手拭淚。

最後一次化妝是什麼時候呢？紗英突然想到。

無奈怎麼想也想不起來，只覺得化好妝，穿上禮服出門已經是十幾年前的事。

紗英走進臥房，坐在化妝台前，看著鏡中的自己。因為忙於農事，頭髮被汗水濡溼，沒化妝的臉部肌膚不再光滑；明明才剛滿四十歲，映在鏡子裡的臉卻像六十好幾。

不行再這樣下去了。至少要畫眉毛，塗口紅。這麼想的紗英重新拿起化妝品。眉筆需要削一下，卻找不到削筆器，每支口紅都是好幾年前流行的顏色。

紗英背對鏡子。

不應該變成這樣。

決定和心愛的人結婚，共築幸福家庭。沒生小孩不是任何一方的錯；縱然如此，還是有可能成為每天笑聲不斷的夫婦。

現在只有克林陪在身邊時，自己才能打從心底歡笑。

「快點回來啊！克林，求求你。」

紗英無力地垂著頭。

8

「今天去牛岳吧，就是遇到你的那座山。」

握著方向盤的大貴說道。他已經厭倦帶著通巴在住家四周散步了。

他實在不明白那些帶著狗，好幾年來散步都走同一條路的飼主的心情。飼主厭倦了，狗應該也會厭倦。

途中，大貴拐進超商買些吃的。無論是登山還是山徑越野都必須準備些吃的，畢竟要是餓肚子，肯定跑不動。體內能量一旦枯竭，很容易陷入稱為「撞牆期」的低血糖狀態；這麼一來，四肢就會癱軟。

為了避免發生這種情況，一定要準備能夠馬上補給能量的食物。還順便買了狗狗吃的肉乾。

「通巴也需要補給食物。」

水是從家裡帶來的。這次要帶著通巴在山裡奔走，因為不是什麼正式訓練，不必過於緊張。

大貴將車子停在老地方，換上慢跑鞋。做了一會兒暖身操後，背起背包，握著牽繩。

可以的話，大貴很想讓通巴自由奔跑，但在不確定牠會不會亂跑的情況下，還是必須牽繩；畢竟萬一通巴在山中走失的話，紗英恐怕一輩子都不會原諒他。

「好了。出發吧！」

大貴往前跑，通巴也配合著他的速度迅速跟上，而且跑姿頗優雅。

「不錯哦！通巴。」

進入登山步道後，通巴便退到大貴身後，因為狹窄山徑無法並行。

大貴一邊跑，一邊調整繫繩長度。即便是再熟悉不過的登山步道，和通巴一起跑的感覺就是不一樣。

「怎麼樣？很爽快吧！通巴。」

通巴笑了。大貴臉上也泛起笑意。

「是吧？空氣清新，真的很棒吧？紗英就是不知道這種運動的樂趣囉。」

無論是腿部肌肉，還是心肺狀況都處於絕佳狀態，即便速度比一般體能訓練稍微快一點，非但不會氣喘吁吁，肌肉也不會抗議。

隨著山勢越來越高，坡度也越發陡峭。

本來想加快速度的大貴猶豫著。若是要鍛鍊體能的話，當然要提升肌耐力，但今天是帶通巴來散步。

一旦運動就會忘情投入，還真是個壞習慣——大貴苦笑。

跑了約三十分鐘後，大貴停下腳步。

「休息一下吧！通巴。」

大貴喝水，調整一下呼吸。通巴也有點氣喘吁吁，但神情依舊沉穩。初見時，看牠那身髒污應該流落山中好幾週，也習慣深山環境了，所以不會因為跑這一點路就疲累不堪。

「你要喝水嗎？」

通巴抬頭看著大貴。大貴用水壺蓋盛水，遞至通巴嘴邊，只見牠一口接一口地喝著。

「你真是個天生跑者啊！好羨慕。」

他撫著通巴的頭，將水壺塞回背包後，吃了一顆含檸檬酸的口嚼錠。大貴之所以感覺體力恢復不少，多少也是因為他天性樂觀吧。

也給通巴吃了些肉乾。

「不用牽繩沒關係吧？你應該不會亂跑吧？」

他問大口嚼著肉乾的通巴。大貴不想再一手握著牽繩跑步了。

待牠大快朵頤後，大貴解開牽繩，將繩子塞進背包。

「我們已經跑了三十分鐘，該回去了。不然紗英會擔心吧。」

大貴敲了一下通巴的頭，再次邁開步伐。
他跑了約十步後，回頭確認通巴是否確實跟上。
「不錯哦！通巴。」
大貴喊道。

9

「到底跑去哪兒啦？真是的！」
大貴與克林遲遲未歸。紗英打了好幾通電話，還是沒聯繫上大貴，用LINE傳訊息也沒回。
「難不成出了什麼意外？」
坐立難安的紗英鑽進車裡。
她開著車在附近農道繞來繞去，還是沒發現大貴他們的身影。向正忙著農事的熟人打探，也沒消沒息。

「到底跑去哪裡呀？」

紗英內心的不安與焦慮不斷膨脹。

克林要是出了什麼事，絕對饒不了大貴——握著方向盤的紗英這麼想，卻也詫異自己居然會這麼想。

萬一克林真的出了什麼意外，大貴也不見得平安無事；但自己卻想著就算大貴受傷，只要克林平安無事就行了。

比起共度十幾年人生的另一半，自己居然更看重一起生活不到一個月的狗。

紗英將車子停在路肩，整個人癱靠著椅背，閉上雙眼。

「看來我們真的……不行了。」

喃喃自語的她咬脣。

10

視野倏然開闊，前方布滿大大小小的岩石，登山步道變得更狹窄。步道左側是懸崖，一不小心就會摔落將近五十公尺深的山谷。

大貴放緩速度，小心腳邊會滑動的石頭。

「你也要小心哦！通巴。」

他叮囑跟在後頭的夥伴，通巴回以規律的呼吸。

大貴原本想說從最初的休息地點再跑個三十分鐘就下山，沒想到一時忘情，竟然跑了將近一個鐘頭。

跑過這處岩石區就休息一下吧。通巴應該也累了。

氣溫急遽上升，渾身是汗，喉嚨又乾又渴；可能是太容易出汗的關係，大貴的右大腿內側肌肉不時抽筋。

「看來我太高估自己了。」

大貴喃喃低語。年輕時，想怎麼操練身體都無所謂，現在可不行了。不只體力不如以往，一旦高估自己的體能狀況，身體還會出現缺氧症狀。
只要喝了每次必備，含有胺基酸的能量補給飲料，便能舒緩抽筋症狀。
「我們休息一下，喝點水和補給品。」
跑完約莫百公尺長的岩石區，就會進入一片森林，在那裡休息吧。
「再加把勁哦！通巴。再跑一下，我們就休息，然後下山囉。」
大貴瞧見前方不遠處就是要進入森林區的入口。
再撐一下——就在他這麼想時，身後的通巴突然狂吠。
「怎麼了？」
回頭的大貴想起初見通巴時的事。
「有熊嗎？」
大貴一想到要是遇上黑熊，雙腳瞬間癱軟，停下腳步。無奈慣性驅使他的腳再次施力，結果引發右大腿內側抽筋。
「好痛！」
大貴痛到臉扭曲，只能靠右腳支撐，沒想到連站都站不穩的他突然踩到一塊會滑動的石頭。

糟了——大貴這麼想的同時，整個人失去重心往左傾，左腳懸空。
他拚命伸手，無奈什麼也沒搆著。
「通巴！」
大貴向通巴求助。
一切都完了。大貴墜崖。
「通巴！紗英——」
他喚著心愛之人的名字。身體遭受強烈撞擊的他失去意識。

11

直升機降落停機坪，好幾名身穿山難救援隊制服的男子下機，推著擔架朝這裡奔來。

紗英嚥了嚥口水。

過了中午，還是不見大貴與克林的蹤影，心想他們該不會去了牛岳的紗英趕緊開車前往，果然在登山步道口附近發現大貴的車子。

莫非在山裡出了什麼事……

紗英決定報警。

下午將近五點，富山縣山岳警備隊發現不慎墜崖的大貴遺體。

看起來較為年長的搜救隊員走到紗英面前，問道：「根據身上的駕照，確認是您先生沒錯。為求慎重，可以請您確認一下遺體嗎？」

白布蓋住躺在擔架上的大貴遺體。

「可以不要嗎？」

紗英反問。因為聽大貴說過，墜崖的死狀很慘。

「起碼請確認臉部，不過損傷得很嚴重……」

「了解。」

救難隊員掀開覆著遺體的白布，紗英閉眼。

「是我先生沒錯。」

反射性地說了這句話。

「謝謝。還請節哀。」

救難隊員蓋好白布，向大貴的遺體合掌，低頭行禮。

「那麼，接下來交給警方處理。」

「請問——」

紗英喚住救難隊員。

「什麼事？」

「有看到一隻狗在我先生出事地點附近嗎？類似德國牧羊犬的雜種犬，牠應該和我先生一起去爬山。」

「先行上山救援的救難人員有看到那隻狗。牠站在步道上，一直俯視著遺體，但是牠看到有人走近，馬上就轉身離開的樣子。隊員們想說應該是死者養的狗，所以分頭尋找，還是沒找著。」

「是喔……」

紗英撫胸，總算鬆了一口氣。克林平安無事，光是知道牠還好好的，就讓紗英有種救贖感。

「方便告知狗的名字嗎？搞不好大聲喚牠的名字，牠會出現。」

「牠叫克林……不，通巴。」紗英回道。

牠和大貴一起上山，應該一直被叫通巴吧。紗英心想既然如此，比起她取的名字，喚通巴這名字應該更有反應才是。

「好的，我會轉告其他隊員。」

「麻煩你們了。」

紗英再次行禮道謝。救難隊員們將擔架推向停車場方向。

聽到發現屍體時，汨汨流出的淚水已經乾涸。

都是因為我那麼想，大貴才會死——罪惡感不斷燒灼紗英的心。

「我沒希望你就這麼走掉啊！」

紗英悲嘆地望著無垠天際。

「克林，求求你快點回來啊！」

她向暮色漸啟的天空祈求。

❖

「還沒找到那隻狗嗎？」
面向佛壇的藤田婆婆捻完香後，轉頭問紗英。
因為是意外身亡，大貴的遺體必須進行解剖，所以一週後才送回家，前天舉行告別式。克林失蹤也將近十天了。
「不只另一半，連那隻狗也不在了。你一定很痛苦吧。」
「是啊。真的好寂寞。」
紗英微笑地說。
「真是不知感恩的狗啊！」
「我覺得不是這樣。」紗英說。
「不是什麼？」
「我們本來是一個群體，但這群體崩壞了。所以克林離開了，去尋找屬於自己的真正群體。」
「我聽不懂你在說什麼。紗英，你沒事吧？」
「我沒事。對了，明年我會連婆婆的田地也一起努力耕作。」

「真的嗎？」

「嗯，我會努力的。」

紗英倒了杯茶，遞向藤田婆婆，她啜著茶。

沒錯，必須努力工作才行。只要從早到晚忙著工作，就沒心思陷入充滿罪惡感的漩渦裡。

但是在這之前，先養隻狗吧。

紗英也給自己倒了杯茶。

打造屬於自己的新群體。

「對了，我有個朋友在問有沒有人要領養剛出生的小狗。紗英，你要養嗎？」

藤田婆婆似乎知道紗英的心思，主動開口。

「我要養。」

紗英立刻回應。

第四章

妓女與狗

1

美羽打開車窗，混雜塵埃的空氣竄入車內；就算農曆十二月的寒風襲身，身體還是炙熱無比。

汗水流進眼裡，拭去額上汗珠的手部肌膚十分粗糙。

「真是的……」

雖然用溼巾仔細擦拭沾滿泥土的雙手，還是無法澈底除去髒污，連修整得很漂亮的指甲也沾上泥土。

美羽只想趕快回家泡熱水澡，也想洗掉沁染肌膚的髒污。她從駕駛座旁的置物箱取出一根菸叼著，赫然發現點菸的手抖個不停，且遲遲停不了。美羽索性將尚未點著的菸扔出車外。

瞬間，察覺車頭燈前方好像有什麼東西，她猛然煞車。剎時塵土飛揚，美羽趕緊關窗。

「那是什麼啊？」

她窺看前方有何異狀。鹿嗎?還是野豬?不可能是熊吧。

待塵土落歇，車頭燈照亮的那一帶並未瞧見任何野生動物。

「是我太敏感嗎?」

美羽深嘆一口氣，又伸手拭去額上汗珠，感覺肌膚變得更粗糙，手也依舊抖個不停。

「搞什麼鬼啊!」

當她準備踩油門時，瞥見離車子十公尺遠的前方好像有什麼東西趴在地上，看起來很像貓科動物，但就體型來看並非狐或狸。

「應該不是小熊吧?」

美羽眨了眨眼。她想起住在山中村落的祖父曾說過——小熊的附近一定有母熊，所以千萬不可以隨便接近小熊哦!

但是那個趴在地上的東西看起來不像熊。

美羽戰戰兢兢地按喇叭。除了車頭燈以外，沒有任何人工照明的森林中，喇叭聲彷彿被幽暗吞噬般消失。

只見那東西抬頭，沐浴在車頭燈中的雙眼閃閃發亮。原來是狗啊!可能是迷途的狗或是野狗吧。

「走開啦！」

美羽又按一次喇叭，那隻狗還是不為所動，只是昂起頭，搖著尾巴。

「不是叫你閃嗎？會輾到你哦！」

這麼大吼的她又按一次喇叭，狗仍舊一動也不動。

「饒了我吧。」

為什麼總是遇到這種事呢？這麼想的美羽不由得落淚。

明明幾個鐘頭前，才發誓不再掉眼淚。

「搞什麼鬼啊！」

她怒吼著打開車門。本來想說如果牠閃開的話，就馬上關車門離開，但那隻狗還是趴在原地，抬頭凝望車子，緩緩地搖尾巴。那模樣像是在求助。

美羽走到車後，打開後車廂，拿了一把沾滿泥土的鏟子。

「你是在求助嗎？不是想突然撲過來？我手上有這東西，可以把你打飛哦！」

雙手握著鏟子的她一面警戒四周，慢慢走向那隻狗。

酷似德國牧羊犬的牠體型比較小，可能是德國牧羊犬和其他狗的混種吧。

「你怎麼啦？」

美羽這麼一問，狗尾巴馬上搖得很厲害，看來牠應該很親近人。

「受傷了嗎？」

下半身的狗毛似乎沾著什麼。

「那不是血嗎？」

美羽忘了恐懼，奔向牠。只見狗不停喘氣。

「我只是碰一下而已，別咬我哦！」

她輕輕拉著狗的前肢，又碰了一下牠的後腳，然後看著自己的指尖，果然是血。

「你受傷了。怎麼辦啊？」

美羽正要掏出塞在上衣口袋的手機，卻突然停手。該如何說明自己這時間在人跡罕至的山裡呢？她一時想不到適當理由。

「等一下哦！」

這麼說的她先將鏟子放回後車廂，然後拿出藍色塑膠墊鋪在後座；想說可能會用到而放進後車廂的東西，竟然在這種情況派上用場。

美羽回到狗的身邊。

「可以讓我抱你嗎?」

反正上衣早就被泥土弄髒，沾上狗血也沒差了。

美羽抱起狗，發現牠好瘦，而且輕到讓人覺得好心疼。

「我們去醫院吧。」

美羽看著牠的眼睛，狗舔了一下她的鼻尖。

❖

狗的左大腿有著像被刀刃刺穿的傷口。

動物醫院的獸醫說可能是遭野豬的牙弄傷。除了趕緊進行手術縫合傷口，還要做其他更細部的檢查。

美羽暫時返家。她沖了澡，洗去身上的髒污，吃了一點輕食後返回醫院。

光是送牠到醫院就已經是莫大恩惠，反正不是自己養的狗，大可撒手不管。但今天在那個時間點、那個地方遇到牠，這一點讓美羽很在意。

還有那隻狗的眼睛，身負重傷的牠明明露出求助的眼神，卻有一股難以言喻的傲氣。美羽很好奇牠為何露出那種眼神。

她向櫃台人員詢問狗的狀況，得知手術十分順利，沒有生命危險。

就在美羽鬆了一口氣時，負責執刀的醫師走過來。

「果然是遭野豬襲擊的樣子。須貝小姐，你說那隻狗不是你飼養的，對吧？」

「是的。偶然發現牠倒在路上。」

「山裡嗎？」

「是的。」

「牠有植入晶片，資料顯示飼主應該是住在岩手縣那邊。牠叫多聞，四歲的公狗，明天我們會試著聯絡飼主。」

「牠的情況如何？」

獸醫忍住呵欠，畢竟天快亮了。對美羽來說，這時間還醒著很正常，但對一般人而言，根本抵擋不了睡魔襲身。

「幸好腿傷沒那麼嚴重，血液檢查結果也顯示沒有感染或是罹患其他疾病。不過牠太瘦了，有點營養不良，要不要讓牠住院兩天，打點滴補充營養會恢復得比較快。」

「要是沒找到飼主，會怎麼處置牠？畢竟飼主還得大老遠從岩手跑來這裡。」

面對美羽的提問，獸醫的表情有點沉重。

「那麼就得聯絡收容所了。收容所會幫牠找新飼主，也可能找不到……」

「牠會被殺嗎？」

「要是不願意牠變成這樣，要不你當牠的新主人？」

「我？」美羽指著自己。

「牠應該是混了德國牧羊犬的雜種犬，不是那種比較討喜的品種或是混有日本犬的雜種犬，所以不太會有人想領養吧。」

美羽垂著眼。直到牠恢復健康為止，自己都很樂意抽空來探望，但要養牠就是另一回事了。

「不必立刻做決定啦！也許主人會來找牠。牠麻醉後睡得很熟，要看看嗎？」

美羽聽到獸醫這番話，反射性地頷首。

「請跟我來。」

美羽跟著醫師來到一間掛著「治療室」牌子的房間，經過診療檯往裡面走，瞧見好幾個籠子堆疊著。中間一層籠子裡躺著一隻狗，左前肢繫著點滴管。

「麻醉退了後，體力會變差，應該會睡到早上。」

美羽湊近籠子，窺看著。是護理師幫忙清洗的嗎？原本髒污的狗毛變得好乾淨，沉穩睡臉看起來頗自信。

「你和野豬奮戰了嗎？」

「幸好傷口不嚴重。有時會有遭豬牙刺傷的獵犬送來這裡救治，牠們可就沒這麼幸運了。」

「這孩子是獵犬嗎？」

「應該不是，」獸醫微笑，「大概十分鐘之後，我會請護理師過來。在這之前，你可以待在這裡陪牠。」

醫師離去後，美羽凝視著這隻狗。

「你為什麼跑去山裡？為什麼獨自和野豬奮戰？」美羽問熟睡中的牠，「你的主人在哪裡？怎麼會大老遠從岩手跑來這裡？」

明知不會得到任何回答，美羽的腦中還是不斷浮現疑問。

「好啊！如果沒聯絡上你的主人，我就當你的新主人吧。」

美羽轉身離開治療室，走向櫃台。

「我想要收養那隻狗，請問需要注意哪些事？」

只見坐在櫃台的中年女性工作人員雙眼圓瞠。

2

「我回來了。」

美羽一進屋就瞧見雷歐，看來牠早就在玄關迎接主人。

比起當初發現牠倒在山裡那時，體型足足大了兩倍，毛色也因為每天梳整的關係而變得有光澤。

雷歐出院後已經過了半個月，還是沒聯絡上晶片裡記錄的飼主，於是美羽決定收養牠。雷歐不會亂吠叫，也很有教養，就這樣和美羽過著新生活。

想說多聞這名字也許會讓牠想起前飼主的事，所以美羽很猶豫；之所以取名雷歐，是因為牠的氣質和美羽小時候看的某部卡通主角，一隻白獅子的氣質很像。

美羽伸出手，雷歐嗅了嗅，開始舔她的指甲。這動作就像洗淨她那被陌生男子觸摸過的髒污身體，愛憐地舔著。
「今天還好嗎？」
待雷歐滿足地舔完後，美羽脫鞋，直接走進浴室洗手。
她倒了一盆狗糧，擺在廚房一隅。雷歐坐在食盆前，抬頭看著美羽。
「ＯＫ。」
聽到主人這麼說，牠馬上將臉埋進食盆。美羽拉了一把椅子坐下，看著雷歐吃得津津有味。
２ＬＤＫ格局一個人住著實寬敞，但和雷歐一起住就剛剛好。美羽外出時，牠可以在屋內自由走動。
食盆瞬間清空。
「稍微休息一下哦！」
美羽洗淨食盆，對雷歐這麼說後便走向浴室，花了約莫一個鐘頭，舒服地沖澡。
飯後不要馬上帶牠出門散步——雷歐出院那天，獸醫告訴她許多養狗要留意的事情，好比狗糧會在胃裡膨脹，所以吃完馬上激烈運動，很容易引發胃痙攣。
「應該已經消化得差不多了。我們去散步吧。」

雷歐早就等在浴室門口，牠知道美羽沖完澡就會帶牠出門散步。

「雷歐真聰明！」

美羽幫牠繫好項圈和牽繩後，穿上球鞋。

「今天去遠一點的地方吧。」

步出大樓後，走向停車場。美羽最近發現雷歐一看到車子就會發出低吟，那樣子不像生氣，而是興奮。

美羽讓雷歐坐後座，隨即發動車子。黎明前的大津市區幾乎看不到什麼人，也沒半輛車。

車子超速行駛著。好喜歡車子，也喜歡開車，光是坐上車就覺得好開心。這輛小車子有如小房間，只要坐進車子，插上車鑰，便能享受沒人煩擾的片刻清靜。所以抽空獨自開車兜風是美羽心情最好的時候。

「我看你心情也很好呢！雷歐。」

美羽向窩在後座的雷歐這麼說。只見牠一直凝望某個點，現在車子行進的方向是西方；如果車子朝北前行的話，牠就望向左側；往南行的話，牠便望向右側；向東行則是凝望正後方。

雷歐在尋求什麼呢？美羽一頭霧水。

「要不要去湖東那邊看看呢？這時期、這時間一定沒人，我們可以盡情玩個夠。」

就算美羽這麼問，雷歐也沒任何反應，只是一直凝望某個方向。

十字路口的信號燈變成紅燈，美羽踩煞車。對向來車是藍色「HUSTLER」。

「應該換輛車了……」

凝視對向來車的她喃喃自語。美羽現在開的是一年前購買的新車，行駛路程也才五千公里。

但她就是想換輛車子。

綠燈亮起。美羽一踩油門，裝有怠速控制閥的引擎運轉，車子發動。

「要換HUSTLER嗎……但我厭倦小車了。要換什麼車比較好呢？」

美羽雖然喜歡開車，但對車種沒有什麼偏好，只要油錢還負擔得起就行了。她心想下次找奈奈惠商量吧。

奈奈惠喜歡車子，也算是行家，每個月還會去鈴鹿賽車場享受飆車的快感。她之所以和美羽做著同樣的工作，是為了籌措改裝車子的費用。

車子行駛到琵琶湖，繼續沿著國道向北，雷歐面向左側，望著窗外。

就這麼向北開了一會兒，瞧見停泊多艘帆船的碼頭。車子在前方十字路口右轉，開到盡頭再左拐，有一處合併公園與水上娛樂的設施，終於來到目的地。夏天一到，湧進大批泳客的湖濱浴場十分熱鬧，但旺季一過，遊客就稀稀落落了。

只要車子改變行進方向，雷歐的視線方向也會跟著改變。

「你在找什麼啊？」

美羽問。想當然爾，不會得到任何回答。她嘆了一口氣，打開音響，流洩出晴哉喜歡的歌曲。無論怎麼切換，流洩出來的是都是晴哉喜歡的歌曲。

「真是的！」

美羽不悅地撇嘴，關掉音響，搖下車窗，瞬間灌入刺骨寒風。

「啊啊！好舒服！」美羽大叫。

映在後視鏡上的雷歐看向美羽。

「你也覺得很舒服吧？狗喜歡天氣冷一點，對吧？」

為了不被風聲吞沒，美羽拉高聲調地說。雷歐搖著尾巴。

「雷歐，也換你唱一下歌嘛！」

這麼說的美羽模仿狗吠聲，只見雷歐偏頭。

「像嗎？還是根本不像？」

一臉困惑、偏著頭的雷歐模樣很怪，惹得美羽笑了。

雷歐突然吠叫起來，且是遠吠。

美羽收起笑容，傾聽雷歐的遠吠。拉長尾音的遠吠強而有力，卻又帶著一抹悲傷。

「你在呼喚誰？夥伴？還是主人？」美羽問。

雷歐沒回應，只是不停遠吠。

❖

「我真是笨啊！」

美羽望著湖面，悵然地喃喃自語。清澈湖面在高掛東邊天空的陽光照耀下，閃亮生輝。

在湖岸邊盡情奔跑的雷歐伸著舌頭，不停喘氣。

「太陽從東邊升起啊。所以要是想看太陽從湖面升起，應該去另一邊的湖西。」

琵琶湖東側是欣賞夕陽的絕佳景點，不是看日出的地方。

「我從以前就是這樣，總是少一根筋，笨笨的。」

美羽蹲下來，溫柔撫著雷歐的頭。

「你的腳好像完全康復了呢！」

她摸著雷歐一度負傷的後腳。牠甫出院時，還會拖著後腳走路，現在已經完全不會這樣，傷口周邊被剃掉的毛也長出來了。

「我發現你的那時候，真的被你嚇一跳，好恐怖喔！」

美羽噗哧一笑地說。

「不過我知道你雖然很聰明，但也像我一樣有點少根筋囉。在山裡受傷的你還想辦法跑到路上，是想說有人會經過那裡，對吧？」

雷歐舔著美羽的鼻頭。

「啊，你害羞了。你的確很聰明，可是這時期、那種時間根本不會有人經過那麼荒僻的地方，所以幸好我經過那裡，還是你知道我會經過那裡呢？」

那條山徑沒有岔路，一直通到半山腰，所以經過的車子勢必會走回頭路。

「怎麼可能啊！」

美羽搖頭，撫著雷歐的背。

塞在外套口袋的手機響起。美羽脫下手套，微溼的手指甲一吹到風，頓時感覺體溫驟降。

雖然今年好像是暖冬，但冬天就是冬天，儘管白天溫暖，早晚還是冷颼颼。

美羽掏出手機，原來是木村來電。

情哉視他如大哥。木村看起來溫文儒雅，又很有異性緣，但骨子裡其實壞透了。

美羽不想接電話，索性關機。

「變得更冷了呢！」

她一邊拂去沾在褲腳上的沙，一邊起身。

「上車吧！」

美羽將牽繩繫上項圈，總是很聽話的雷歐乖乖順從，沒有半點想要賴繼續玩耍的樣子。

美羽曾上網查找訓練狗狗的方法，但根本沒這必要，讓她覺得有點白做工。

她和雷歐一起坐進後座，扭開在超商買的礦泉水瓶蓋，倒了些在雷歐的水盆，只見牠一下子就喝光。美羽也喝了一口。

「一起睡吧。」

美羽躺在後座，雷歐趴在她的肚子上；雖然有點重，感受著牠的體溫卻令人如此開心。

要是在房間的話，木村搞不好會撲上來。晴哉失蹤已逾半個月，他肯定有向木村借錢。

待在車子裡，就不會有人來煩擾。美羽閉上眼。拜雷歐的體溫與射入車內的早晨陽光之賜，讓她感受不到一絲寒意。

3

美羽步出賓館，走向停車場。她所屬的約會俱樂部並沒有車夫負責接送，所以像她這種簽約小姐都是自行前往電話上告知的某家賓館接客，完事拿錢後自行返家。扣除自己該拿的部分，餘款交給來收帳的男子。

美羽不時想著乾脆捲款逃走算了。但聽到這麼做的女人下場後，便覺得沒必要冒這種險。

美羽有時一晚接客多達三人。附近有一條叫做「雄琴」的街，有許多情色三溫暖店，想趕快解決那檔事的男人會去那裡；要是對情色三溫暖沒興趣的傢伙，就會打電話到美羽所屬的約會俱樂部找小姐服務。

因為俱樂部負責收帳的人每週只來一次，這期間入袋的錢就暫時放在自己口袋。美羽拿起手機，現在已是深夜時分，想說今天就收工吧，反正應該不會有客人上門了。畢竟年末大家都很忙，要採買的東西又多，手頭肯定很緊。

看向收費停車場，正準備掏出錢包的美羽冷不防停下腳步，她發現有人靠著她的車子引擎蓋。

她重新握好手機。雖然沒有車夫接送，但俱樂部那邊隨時都有好幾個男人待命，以應付緊急狀況；萬一與客人發生爭執，只要一通電話，他們就會趕到。

美羽定睛瞧著，實在看不清楚街燈下的男人究竟是誰，但對方正在抽菸。

「哦！美羽，好久不見。」

男人向她打招呼，看那身形就知道是木村。美羽倒抽一口氣。

「幹麼？」她沒好氣地問。

「誰叫你都不接電話啊！只好直接來找你囉。」

木村扔掉手上的菸，用力踩熄。

「我晚上很忙，白天在睡覺。」

一走近，就能清楚瞧見木村的表情，那張端正的臉一如往常掛著虛偽笑容。

「一直沒聯絡上晴哉，都已經半個月了。」木村說。

「我賺的錢全被他拿走，八成又到處去豪賭吧。」美羽回道。

柏青哥、麻將就不用說了。賽馬、自行車賽、賽艇，只要能賭的，晴哉都不會放過。大津有賽艇場，以前還有自行車賽場，京都和寶塚那邊也有賽馬場，所以有很多像晴哉這樣四處豪賭的傢伙。

晴哉以旅行為名義，周遊全國各地的賽馬場、自行車賽場，將近一個月不回來也沒什麼好奇怪。

反正他一旦盤纏用盡，就會回來向美羽要錢。

「你要想辦法聯絡他啊！」

「這種事對我說也沒用。」

木村又叼了一根菸。

「那小子向我借錢。」

美羽聽到這句話，一點也不意外。

「是喔。」

她刻意口氣冷淡地回應。

「我有點急用，希望能馬上拿到這筆錢。」

「你去找他要啊！」

「就是因為聯絡不上他，才來找你。你不是晴哉的女人嗎？趕快替他還錢啊！」

「開什麼玩笑呀！我出賣肉體賺來的錢全被他拿走，我也很傷腦筋。」

美羽走過木村身旁，打算鑽進車裡時，冷不防被攫住左手。

「別想逃！我話還沒說完！」

「你要是敢對我怎樣，大園先生可不會放過你！」

大園先生是約會俱樂部的老闆，也是青龍會年輕老大的親弟弟。

「我哪有怎樣啊！只是想和你聊聊罷了。」

「我不是說我沒錢，不會幫他還嗎？我最近生意不好，連熟客也找年輕美眉。」

雖然今年二十四歲的美羽還算妙齡女子，但在那種業界已經算老了。花錢尋歡的男人們多是找二十歲左右的女生。

「你在競爭那麼激烈的地方工作，當然會這樣啊！要不要去京都、大阪？去那種大都市，你肯定能成為紅牌哦！」

「這種話去對其他女人說。」

美羽甩開木村的手，掏錢付停車費。木村似乎沒有繼續糾纏的意思。

「總之啊，不還錢我可就傷腦筋啦！叫晴哉那小子打電話給我。」

「我也聯絡不上他啊！反正他肯定跑去賭馬什麼的，沒錢花就會乖乖回來。」

「所以才要趁他口袋還有錢時逮人啊！」

「你跟我說，我也無能為力呀！」

美羽上車後，趕緊關上車門，啟動引擎。木村站在車子旁一邊吞雲吐霧，一邊瞅著她。

「我看你跟著我算了。我會好好待你的。」木村說。

「去死吧！」

美羽悄聲咒罵，將變速桿打到D檔。木村用手指彈了一下短短的菸頭，菸草碰到擋風玻璃，火花四濺。

美羽猛力踩油門，木村趕緊跳開。掛在那張臉上的訕笑令人火大。

今晚遇到要求變態性交的下三濫客人已經夠讓她氣惱，這下子拜木村之賜，心情更是焦躁。

車子來到大馬路的十字路口遇上紅燈，美羽踩煞車。

用力踩著踏板的她閉上雙眼。腦海浮現雷歐的臉。

「救救我，雷歐。洗淨污穢的我。」

美羽向浮現腦中的雷歐祈求，雷歐只是睜著彷彿能看透人心的雙眼看著她。

❖

美羽警戒地慢慢走向大樓，因為不確定木村是否尾隨，畢竟他是個死纏爛打型的男人。

沒發現木村的身影，看來是想太多了。鬆了一口氣的美羽走進大樓，搭電梯上六樓，掏出鑰匙開門。

沒看到總是在玄關等她回家的雷歐。

「雷歐？」

一邊脫鞋的美羽喊著，卻不見雷歐現身。

「怎麼了？雷歐？」

內心忐忑不已的美羽扔下包包，衝進客廳，瞧見雷歐趴在餐桌正下方，周遭穢物四散，看來牠吐得很嚴重。

「雷歐！怎麼了？哪裡不舒服？」

美羽顧不得會被穢物弄髒，趕緊抱起雷歐。雷歐癱軟在美羽懷中。

「不要嚇我！雷歐！振作啊！」

雷歐睜眼，抬起頭舔了一下美羽的臉頰，感覺得到這動作沒了平常的力道。

「我們去醫院！雷歐，振作點！」

美羽抱著雷歐，奔向玄關，門也沒鎖地衝出去，感覺電梯到達一樓的時間是如此漫長。

美羽抱著雷歐奔向車子，讓牠躺在後座。

「真是的！怎麼會這樣呢？」

美羽一路飆車，趕往她當初送雷歐去的那間有夜間急診的動物醫院。路上她先打電話給醫院告知雷歐的情況，院方回覆會隨時待命。

「雷歐！加油哦！不可以就這樣拋下我哦！」

不安與恐懼緊揪著她的心。明明一起生活的時間並不長，但對美羽來說，雷歐已經是不可或缺的存在，無法想像失去牠的生活。

十分鐘後抵達動物醫院。要是白天的話，最快也要花上半小時。幸好沒被抓到違規超速。

果然如通話所言，獸醫和護理師早已待命，將擔架推至停車場，護送雷歐前往診間。美羽一邊跟著，一邊向醫師說明詳細情況。

「呼吸很急促，但好像不再吐了。」

幫雷歐診脈的醫師說。

「先驗血，然後看檢查結果怎麼樣，可能會照X光或是MRI。」

「什麼都行，請您救救牠。」美羽祈求似地說。

在候診室等待的她不斷祈求。

神啊，求求您！請救救雷歐，別將牠從我身邊奪走。自懂事以來從沒向神祈求，也沒任何信仰，但現在的她只想向神祈願。

坐在沙發上的美羽瞧見獸醫步出診間，趕緊起身奔向前。獸醫拿著一張紙。

「牠是急性腎衰竭。」

獸醫的話語猶如利刃刺入美羽的胸口，他將手上的紙給美羽看，上頭記錄著驗血結果。尿素什麼的，獸醫的說明完全進不去美羽的耳裡。

腎衰竭不是很危險嗎？這句話反覆在美羽的腦中迴響。

「須貝小姐？」

獸醫喚了好幾次，美羽總算回神。

「是、是。」

「牠最近是不是喝水量突然變多？」

美羽頷首，雷歐這幾天的喝水量確實比平常多上一倍。

「雖然光靠驗血，無法確定真正原因，但我推測起因應該是病毒感染。」

「病毒？」

「牠流落山裡時，應該曾被蝨子咬，或許蝨子就是傳播病毒的媒介吧。不少情形是感染後，過了一段時間才會發病。腎臟為了和病毒搏鬥，所以負荷過大，導致尿素無法正常排出。」

「治得好嗎？」
美羽問，懇求醫師無論如何都要治好雷歐。
「因為是急性，不是慢性，所以慎重起見，讓牠住院觀察一天吧。使用類固醇會促使免疫力下降，要是給牠開些促進排出毒素的藥，我想大概一個禮拜就能康復。」
「一個禮拜？」
美羽懷疑自己聽錯。
「是的。看傷口復原情況如何，因為牠的體質不差，我想應該可以更快康復吧。」
「謝謝醫生。」
「要是復原情況不錯，就不必再抽血檢查，但要是不太放心的話，一個禮拜後再做一次抽血檢查。」
「了解。謝謝您，真的很謝謝醫生。」
獸醫苦笑。
「須貝小姐是第一次養狗吧？看到原本健康活潑的狗突然沒精神、嘔吐，肯定嚇一跳吧，才會急著帶牠來看診。其實病情沒那麼嚴重，我也只是幫牠檢查、開藥而已。」
「總之，真的很謝謝您。」

美羽由衷感謝。

❖

美羽回到家，才覺得疲累不堪。天空開始露出魚肚白。

沖完澡的她倒了一杯白酒，啜飲著。雷歐一不在家，讓她感覺房子頓時大上一倍。好寂寞，好害怕。美羽為了驅散落寞感，又倒了一杯白酒。

須貝小姐是第一次養狗吧？

她想起獸醫的話。自己的確沒養過狗，但她清楚記得祖父養的那隻狗。

住在滋賀縣與福井縣交界處的山中村落，除了務農之外，還是個獵人的祖父自從祖母於五十幾歲時撒手人寰後，便過著獨居生活。身為獵人的他，家裡肯定有養狗。

美羽的父親是須貝家的次子，名古屋大學畢業後，就在大津找工作、定居；畢竟大哥在東京工作，大姐遠嫁大阪，美羽的父親覺得起碼要有個人就近看顧獨居的祖父。

話雖如此，忙於工作的父親每年也只能趁著盂蘭盆節、新年，還有黃金週探訪祖父。

祖父是個性格古怪又拙於表達的老人，即便和孫女美羽說話也從未露出笑容，所以美羽很怕他。

但當他在對自己養的紀州犬大和說話時，一派嚴肅的面容卻會變得異常溫柔。

年幼的美羽深信大和有魔法，擁有能讓恐怖祖父露出笑容的法術。

美羽每次去祖父家，一定會跟著大和，這樣就能看到祖父的笑臉；而且大和摸起來好溫暖，牠對美羽也很溫和。

美羽就讀小學三年級時，得知大和去天國當天使了。她為了大和與祖父，哭了一整晚。

大和的離世讓祖父不再拿獵槍，也可能是因為上了年紀吧。

從此，美羽就沒什麼機會接觸狗。

她啜了一口白酒。

隔了多久，才又想起祖父和大和呢？

「好想再見到爺爺和大和喔！」

美羽喃喃低語。

她覺得雷歐很像大和。就像大和溫暖祖父的心，雷歐也溫暖美羽的心，擁有讓她笑顏逐開的魔力。

「我好寂寞喔！雷歐。」

美羽將酒杯擱在桌上，爬上床，鑽進被窩。總是有雷歐幫忙弄暖的被窩，此刻冷得令人悲傷。

4

「不是往那裡啦！雷歐。」

美羽斥責想偏離既定散步路線的雷歐，只見牠馬上乖順地跟在美羽身旁。

美羽忍住嘆息。

最近雷歐常常想走牠想走的路，好比朝北走時，牠想往左；往南前進時，牠想右拐。坐在車上時也是如此。

雷歐想往西行，美羽如此確信。

流落山中，與野豬大戰負傷時也是，那時的牠肯定一心往西行。

莫非西邊有什麼嗎？和牠不小心走散的主人嗎？

不會吧。怎麼想都不太可能啊！因為雷歐的飼主住在岩手。雖然美羽否定這個可能性，但想想牠的主人也許從岩手遷居別處。

新聞曾報導狗為了與主人重逢，不惜跋山涉水數百、數千公里，一時蔚為話題。所以狗或許擁有人類遠遠不及的不可思議力量。

「你想去找原來的主人嗎？」

美羽問雷歐。其實牠應該有聽到，卻沒任何反應，只是配合她的速度走著。

「和我在一起不快樂嗎？不幸福嗎？」

雷歐停下腳步，緩緩抬頭，睜著略有所思的雙眼望著美羽，可惜無法在那彷彿會將人吸入的漆黑眼眸深處找到答案。

「對不起，我說了奇怪的話。」

美羽再次邁開步伐。

多虧獸醫的悉心治療，雷歐已完全康復，驗血報告的結果也沒什麼問題，所以醫師判定牠已無大礙。

配合雷歐的復原狀況，又開始天亮前的散步行程。

工作完返家的美羽先給雷歐弄吃的，再去沖澡，然後帶牠出門散步。

沖過熱水澡的身體一觸到冬天冷空氣，覺得好舒服，也就不知不覺走得更遠。

因為每天帶雷歐出門散步，美羽的身體狀況也跟著變好。

還沒遇見雷歐之前，無法忍受身體沁染男人體味的美羽要是不猛喝酒，便無法入眠。現在的她不再那麼貪杯，因為每次回家時，雷歐舔她手的動作就有如為她淨身。

一路散步到大馬路。從這裡往右拐就是一條頗寬敞的步道，再下一個十字路口右轉便來到小商店街；走過商店街，又是兩旁都是住家的小巷。

有輛行駛在大馬路上的本田跑車在前方迴轉，可能是突然迴轉，引擎聲異常地大。

跑車停在美羽和雷歐身旁。

「哦！還養狗啊！什麼時候養的？」

副駕駛座旁的車窗開啟，原來是木村。

「前陣子。」美羽冷冷回道。

「晴哉不是討厭動物嗎？他要是回來，你們不就會為這事吵架嗎？」

「我說要是不讓我養狗，就辭職不幹了。所以他就爽快答應囉。」

木村對於美羽的謊言一笑置之。
「那也只能答應啦！對了，你是什麼時候和晴哉說的？」
「他去旅行之前啊！」
「已經過了一個月耶。」
「可能難得手氣好吧。他要是不把錢花光是不會回來啦！」
「換句話說，他要是沒錢就會馬上回來找你。晴哉沒那個命，不可能連續一個月手氣都很好。」
「也許遇上一生一次的好運囉。我們走吧。」
美羽對雷歐這麼說，繼續前行。
「有人懷疑晴哉該不會被你殺了。」
木村這番話讓美羽止步。
「你對同樣在約會俱樂部工作的女人說你恨不得殺了晴哉，是吧？那小子是個渣男，所以有人說他就算被你宰了也是死有餘辜。」
「說想殺和真的動手是兩碼子事吧。」
美羽回頭，頓時心跳加劇。

雷歐露牙，低聲嘶吼。

「就是前陣子啊！我們在停車場遇到的那個晚上。因為一直等不到你，我就開到窺看你的車子裡頭，發現後車廂有塊藍色塑膠墊，邊角還沾上東西，那個該不會是晴哉的血吧？」

美羽拚命壓抑內心的恐懼。木村已經挑明講了，看來沒辦法打馬虎眼。應該趕快處理掉那塊塑膠墊才對。自從雷歐來到家裡，生活變得比較忙，也就忘了那東西還放在車上。

「還是我去趟警局，說我朋友森口晴哉已經失蹤一個月了。你說呢？美羽？」

「隨便你。」

「你要是肯替他還清欠我的五十萬，我也會忘了藍色塑膠墊的事。」

「不忘也無所謂。」

「應該是埋在哪座深山吧。我要是去報警，警方應該會馬上找到屍體吧。」

美羽搖頭，試圖阻止雷歐低聲嘶吼。

「我只等到後天哦！五十萬，麻煩你啦！」

木村隨即發動車子，引擎頓時發出轟鳴聲。

雷歐吠叫。
噴出大量廢氣的跑車揚長而去。
「雷歐，別吠了。」
雷歐還是吠叫不停。
「不是叫你別吠了嗎！」
美羽用力拉扯牽繩，雷歐才不再吠叫，只見牠露出困惑眼神，抬頭望著美羽。
我想保護你，為什麼阻止我？——那眼神彷彿這麼說。
「對不起。」
美羽蹲下來，抱著雷歐。感覺與木村對話時累積的情緒潰堤，渾身不住顫抖。
「怎麼辦？雷歐。我該怎麼辦？」
雷歐搖尾巴，舔著美羽的臉頰。如此貼心舉動讓她不禁落淚。
「謝謝你，雷歐。最喜歡你了。雷歐。」
雷歐的溫暖讓她不再顫抖，牠的溫柔直刺美羽的胸口。
「你們的魔法不只讓人展露歡顏，還帶給我們勇氣與愛。」
祖父也從大和身上得到勇氣與愛，所以就算獨居山中，只要大和陪在身旁就沒問題。

大和死後，祖父日漸衰老。美羽的父親勸他再養一隻狗，祖父卻頑固拒絕。

要是我死了，那隻狗怎麼辦？你們會照顧他嗎？

祖父反問，美羽的父親緘默不語；就算他願意照顧，美羽的母親也不會答應。

因為美羽的母親不喜歡動物，加上父親工作忙碌，常常不在家，所以照顧狗的事肯定落在母親身上。

大和死後五年，祖父被宅配員發現倒在家裡，送到醫院時已經斷氣。

如果祖父又養了一隻狗，那隻狗怎麼辦？

美羽的背脊竄起一股寒意。

「要是我不在的話，你怎麼辦？雷歐？」

美羽鬆開抱緊雷歐的手，看著牠的眼睛。

雷歐只是注視著美羽。

❖

當美羽向柳田店長提出想預支報酬一事時，只見柳田面有難色。美羽發誓一定會努力工作還錢，柳田才將五疊十萬圓鈔遞給她。

「你是俱樂部的員工，所以不算利息，但要是不還錢的話，就會送你去雄琴哦！」

就是去色情三溫暖店工作的意思。美羽頷首，將錢塞進包包。

這時剛好手機響起，來電的是美羽的熟客。

美羽離開俱樂部，前往賓館。

打電話來的是好客人，不會有什麼無理要求，付錢也很爽快，手頭闊綽時還會賞小費。因為這位男客有早洩問題，一旦口交就會立刻射精，所以對方說不用提供這項服務。

心想服務這種客人最輕鬆的美羽不由得搖頭。

不少賣淫女子覺得用手或嘴巴就能幫客人完事，可真是賺到了。

美羽卻覺得省略口交之類的服務，反倒省心。反正怎麼樣都得做那檔事，能省點麻煩就省點麻煩。

美羽敲門，嫖客笑臉相迎。沖完澡的她僅裹著浴巾躺在床上。

嫖客壓在美羽身上，掀去浴巾，開始撫弄她的胸部與私處。美羽握住男客的命根子，那話兒立刻勃起。

溫柔撫著命根子的她閉上眼，思緒飄向他方，身體與心分離；唯有這樣，才能讓自己暫時逃離可怕的現實。

問題是，思緒要飄向何處呢？其實很難自我控制。

有時飄向一個小時前，也曾飄向孩提時代。

今天，美羽的思緒飄向那一天。

晴哉的朋友來電，說什麼他賭馬贏了一大筆錢，所以要他立刻還錢。美羽默默掛斷電話，打電話給男友的賭馬同好。

情哉真的贏了一大筆錢？

沒想到是真的。晴哉在週日於阪神舉行的賽馬，以千圓買了將近十萬圓的三連單馬券，結果大賺百萬。

美羽前天和晴哉碰面，看他心情似乎不錯，想說他可能小賺一筆，沒想到竟然是百萬入袋。

我要是賭馬有賺，就還你錢──晴哉這麼說過。

為了他的賭債，美羽不知氣哭過幾回，還被迫當起陪酒小姐。沒想到她辛苦賺來的錢，卻讓晴哉越來越沉迷賭博，債台高築。那時美羽換了頭家，結果連身體都賣了。

明明自己如此付出，他卻隱瞞賭馬大賺一筆的事。

不是要他馬上拿出百萬還錢，至少也帶我去旅行什麼的吧。或是請我吃頓美味大餐之類，表達感謝之意也好，不是嗎？

隱忍多時，積累已久的怒氣襲身。

美羽感覺自己要是繼續待在屋子裡，恐怕會情緒失控，於是她開著車漫無目的地晃蕩。

車子繞行琵琶湖一圈後返回大津，此時暮色漸沉。她打電話到俱樂部謊稱自己身體不適，想休息一天。

車子停在市區一處大十字路口等紅綠燈時，美羽瞥見晴哉在街角一家牛排屋。

他正大快朵頤，喝著紅酒，對面還坐了個陌生的妙齡女子。

瞬間，美羽覺得腦子深處有什麼東西迸裂。

吃牛排，喝紅酒？

明明連燒肉都沒請我吃過。

結果對晴哉來說，美羽只是個賺錢，讓他發洩性慾的女人罷了。

竟然為了這樣的男人，連身體都賣了。

結束一切吧。已經厭倦被他耍得團團轉的生活。

美羽在購物商場買了刀子、繩子、藍色塑膠墊和鏟子，又去另一家店買了特大行李箱。

美羽沒有任何具體計畫，只是憑藉自己的意志進行著。

隔天早上，晴哉回來。美羽問他昨晚在幹麼，他臉不紅、氣不喘地謊稱去打麻將。

我輸了不少錢啊！美羽，不好意思啦！可以再跟你借嗎？

美羽聽到這番話的瞬間，痛下決心。

手持利刃的美羽不動聲色地走向背對著她的晴哉，用力刺下去。

接著又補了好幾刀。

她用刀子劃破一動也不動的晴哉身上的衣服，再將衣服扔進垃圾袋；接著吃力地將晴哉拖進浴室，望著血水流進排水管，確認屍體不再出血後，返回客餐廳，仔細打掃被鮮血弄髒的地板與牆壁。

然後將晴哉塞進行李箱，再去沖澡，順便洗刷浴室。

待夜深人靜，美羽將行李箱搬至車上。擔心血會流出來，所以先在後車廂鋪上藍色塑膠墊，將鏟子與洗淨的刀子一併扔進後車廂。

美羽開著車前往祖父居住村落那一帶的山，那是她曾和祖父一起登過的山；雖然一直到半途上還有車子可通行的林間道路，但再往前開就是必須撥開草叢，徒步前行的山徑。

雖然獵人會來到如此荒僻的山區，但最近這行業已然成了絕響。

美羽一邊爬山，想起祖父曾經喃喃自語的話。也許埋在那裡不會有人發現吧。

遵守交通規則開車的她每次和對向來車錯身而過時，心跳就會加速；看到遠處亮著警車的警示紅燈，便有種一切都完了的無奈感。

然而，警車從未接近她的車子，也沒被攔下盤查。

汗如雨下、渾身是泥的她將行李箱與凶刀扔進在半山腰挖的坑。填好坑時，美羽已經精疲力盡。

她只想趕快回家沖澡，鑽進被窩睡覺，然後一醒來就離開這裡。晴哉四處借錢，一旦他不見蹤影，所有債權人就會找上美羽。

因為大家都知道她是晴哉的女人。

要逃去哪裡？沖繩不錯，北海道也行。美羽的口交技術一流，頗受好評。反正不管去哪兒都能靠嘴巴賺錢，要是行不通的話，再賣身就行了。

這麼想的她開車行駛在林間道路時，巧遇雷歐。
如果不是那天晚上、在那樣的地方遇到牠就好了。
自從和雷歐一起生活後，美羽不只一次這麼想。
無奈時間不可能倒轉，美羽和雷歐注定在那種情況下相遇。

❖

激烈的喘息聲將美羽拉回現實。
她睜開眼，嫖客正趴在她身上賣力扭腰。
那張臉和晴哉的臉重疊。
「不要！」
美羽反射性推開他，跌落床下的嫖客呈大字形躺在地板上，戴著保險套的命根子依舊挺立。
「搞、搞什麼鬼啊？」
嫖客氣到臉扭曲，盛怒的模樣和晴哉一模一樣。

美羽狠踢嫖客的臉，對方痛到哀嚎。

房間一隅的桌上擺著一瓶威士忌，應該是嫖客喝的。美羽反手抓起瓶子，朝不停呻吟的嫖客頭部砸下去。

只見他趴在地上一動也不動。

美羽趕緊穿上衣服。小心翼翼地溜出賓館。

坐進車裡的她不停咳嗽。他死了嗎？要是沒死的話，一定會打去店裡客訴。我才剛借了五十萬，這下子慘了。

店長他們肯定會氣到不行，美羽怕是吃不完兜著走了。

「我得趕快逃走才行！」

發動引擎的美羽喃喃自語。

可是雷歐怎麼辦？潛藏在腦子裡的另一個她這麼問。

就在她不知如何是好時，腦中突然浮現祖父的臉。

我要是死了，那隻狗怎麼辦？祖父說。

你要是坐牢，雷歐怎麼辦？

祖父凝視美羽，那眼神和雷歐好像。

美羽趴在方向盤上，放聲慟哭。

5

雷歐依舊望著西方。

美羽咬唇，握著方向盤。

扔在副駕駛座上的手機顯示收到訊息，八成是木村傳來，催促她還錢。

錢準備好了嗎？

美羽鼻哼一聲。

「是要我去牢裡找你要錢嗎？」

這次是店長來電。美羽怎麼找都沒找到關於那位嫖客已死的新聞報導，她將借來的錢塞進俱樂部辦公室的郵箱。

美羽可不想回電討罵挨。

路牌顯示已從滋賀進入京都，儀表板顯示汽油即將耗盡。

美羽想盡量朝西方前行，待汽油耗盡時，就近向警局自首投案。

「去警局自首之前……」美羽自言自語。

往西行、往西行。

雷歐想去西邊，雖然不知道目的地在哪裡，就盡量帶牠往西行吧。

車子下了國道，在山裡蜿蜒前行。看來應該還沒進入京都市，因為這一帶觸目所及盡是森林與山，而且車流量非常少。

美羽將車子停在超商的停車場，買了狗糧和水，再次出發。

當燃料警示燈閃滅時，車子抵達京丹波町一帶，狹窄山路穿梭於一座座村落，山與山之間的狹隘區域布滿農地與旱田。

車子拐進一條林間道路，鄰近山林的紅葉景致告一段落，瀰漫一股悲涼氛圍。

行駛了約莫十分鐘後停車。美羽用碗盛些在超商買的狗糧，拿著碗下車。

一開啟後車廂，雷歐立刻跳下來。

「吃吧，」美羽說，「我們初次相遇時，你不是很瘦嗎？追捕獵物肯定很辛苦吧？所以趁現在多吃一點。」

碗裡狗糧隨即被一掃而空，美羽又添了些，不一會兒又全都進了雷歐的胃。

雷歐飽餐後，抬頭望著美羽。

「吃飽了嗎？要喝水嗎？只能喝一點點哦！不然喝太多，搞不好會引發胃痙攣。」

美羽扭開瓶蓋，雷歐迅速喝著注入碗裡的水。當瓶子裡的水只剩一半時，她蓋上瓶蓋。

「還有這個。」

美羽從口袋掏出護身符，裡頭塞著一張手寫字條。

這孩子名叫多聞，在滋賀縣深山和野豬搏鬥負傷時被我救起。

我想牠可能和主人走散了。想與主人重逢的牠要去西邊，如果你遇見多聞，請帶牠往西行，幫助牠回到主人身邊。麻煩你了。

多聞是個非常乖的孩子，只要和牠在一起，就會想和牠成為家人；但多聞有自己的家人，還請幫助牠回到家人身邊。要是看到這封字條的人也和我有同樣心情，那就太好了。

神啊！請讓多聞遇見溫柔善良的人，請讓牠回到家人身邊。

美羽

美羽將護身符繫在雷歐的項圈上，再三確認這東西不會輕易脫落。

「雷歐。」

美羽一喚，雷歐馬上挨近她。

好聰明的狗，牠知道此刻要和我道別。

「你的家人是什麼樣的人？為什麼會走散呢？他們應該是很溫柔的人吧？因為你這麼想回到他們身邊，要是我也有這樣的家人就好了。」

美羽抱著雷歐。

她和晴哉交往後，和家人的關係變得十分疏遠，因為母親總是口出惡言地批評晴哉。

自從她下海賣淫後，便與家裡澈底斷絕往來，因為沒臉見雙親與弟弟，也很懊悔沒聽母親的話。

如此溫柔的爸媽要是看到女兒殺人的新聞，心該有多痛？弟弟又會怎麼想？

捨棄家人的關懷，選擇晴哉的是自己；對晴哉百依百順，自甘墮落的也是自己。是自己選擇走上這條不歸路。無法責怪任何人。

「能夠遇見你真是太好了。也是我跌入人生谷底時最棒的事，和你在一起的時光真的很幸福。」
雷歐舔著美羽的臉頰。
我也很幸福喔——感覺牠好像這麼說。
「真是個聰明又溫柔的孩子。謝謝你，雷歐。你絕對可以回到家人身邊，而且過得更幸福。」
對雷歐的溫暖依戀不捨的美羽起身。
雷歐抬頭望著她。
「你可以走了。去吧。」
雷歐轉身，奔向森林深處。
「不可以再和野豬搏鬥哦！」
朝著逐漸遠去的雷歐背影，喊出最後一句話的美羽緊咬著唇，忍住就快奪眶而出的淚水。

第五章

老人與狗

1

彌一用電視遙控器一邊轉台，一邊啜飲杯子裡的燒酒。

涮著鹿肉乾，發現沒什麼節目好看的他不由得皺眉。當電視畫面停在ＮＨＫ的新聞播報時，彌一將遙控器擱在桌上，又啜一口燒酒。

螢幕上映著總理大臣的臉，八成又有某位內閣成員搞出什麼烏龍。

「長著一張顧人怨的臉！」彌一毒舌批評。

鄰縣是這位總理大臣的地盤。彌一又倒了些燒酒，就在他拿起杯子正要啜飲時，突然停手。因為除了播報新聞的聲音之外，還聽到其他聲音。

彌一專注聽著。

又聽到了，好像是什麼東西踩踏枯葉的聲音。

彌一站起來，躡手躡腳地走到佛壇，打開擺在佛壇旁邊的保險箱，取出獵槍。填裝子彈，背起獵槍。

若是熊的話，腳步聲不夠大，而鹿都是群體行動。可能是肚子餓的野豬迷途。

幸好今晚是滿月，不過就算沒月光，彌一也能捕獲獵物。

彌一穿上厚靴，從後門步出屋外。獵物還在庭院徘徊。他架起槍，做好準備。

自從今年春天失去夥伴將門，彌一就不再打獵了。但一身真功夫並未退步。

他沿著牆壁，走向庭院。月色皎潔，乾冷的秋日空氣拂弄肌膚，牢牢附著在腦中深處的燒酒餘韻已然消失。彌一夾緊雙腋，槍托緊貼臉頰。

勝負就在一瞬間。必須在對方察覺有人靠近之前，結束這局面。彌一小跑步，從腳步聲推測對方的位置，槍口向著對方。

他一口氣衝到庭院，準備扣下扳機的瞬間突然停手。

徘徊在庭院的是隻狗，瘦瘦的、毛色有點髒，直瞅著舉槍的彌一，那眼神棲宿著堅強意志。

「什麼嘛！別嚇人啊！」

彌一放下槍。

只見那隻狗站在原地，注視著彌一。看牠瘦成那樣，莫非好幾天沒吃東西？卻感受不到絲毫虛弱感。

好強的狗——彌一瞬間就感受到。牠很適合當老大、守護群體，肯定是身心都很強健的狗。只要好好訓練，應該能成為優秀的獵犬。

「過來！」彌一說。

狗走向彌一。看來牠相當親人，應該是迷路了。

彌一開門進屋，狗也隨後跟上。

「你待在這裡。」

彌一站在玄關這麼指示，狗停下腳步，似乎聽得懂他說的。

彌一經過起居室，走向廚房。他取出彈匣裡的子彈，扳回扳機，然後將獵槍擱在幾乎沒在使用的餐桌上，打開大型冷凍櫃。

冷凍櫃裡塞滿肢解過的鹿肉與豬肉。彌一取出約五百公克的鹿肉塊，放進微波爐解凍，然後拿著盛水的單柄鍋，回到玄關。

狗趴在玄關的混凝地上，察覺彌一走近的牠抬起頭，看來並未完全卸下心防，但也稱不上警戒。

「喝吧！」

他將鍋子放在狗面前。牠馬上站起來，整張臉探進鍋子裡喝水。

「你從哪裡來的？我差點一槍斃了你！」彌一對正在喝水的狗這麼說。

狗只是豎起耳朵，繼續喝水。

「肚子也餓了吧？肉解凍好，就拿給你吃。」

狗停止喝水，似乎對「拿給你吃」這幾個字有反應。

「知道要拿東西給你吃啊！真是聰明。」彌一說。

狗又開始喝水。

彌一觀察這隻狗，應該是日本犬和德國牧羊犬的混種，因為比起日本犬，牠的體型偏長，腰身較低，尾巴也比較長，灰色狗毛沾了些落葉與枯枝；雖然很瘦，骨骼卻被強韌的肌肉包覆著，身上沒看到項圈之類的東西。

狗喝完水後，又趴在地上。

彌一拿著空鍋，回到廚房。不等解凍完畢，他便按下停止鍵，取出肉塊；雖然肉塊尚未完全解凍，但對那隻狗來說，應該沒問題。

彌一將肉塊切成適合入口的大小，用單柄鍋盛著，返回玄關。

嗅到肉味的狗站起來，一副迫不及待樣，卻還是遵守彌一的吩咐，乖乖待在玄關。

「好聰明的狗。」

不禁讚嘆的彌一將鍋子放在狗的腳邊。

有別於拿水給牠喝時，只見狗一動也不動地注視著彌一。

「吃啊！」

狗聽到彌一這麼說，隨即將臉埋進鍋子裡，啃著尚未完全解凍的肉塊，還發出嚼食聲。

「我去收一下槍。」

自言自語的彌一拿起擱在餐桌上的獵槍，走向佛壇。

這是一把豊和工業公司出品的M1500萊福槍；雖然是二十年前買的槍，但拜每天勤保養之賜，性能依然良好。

不過，現在的使用頻率大幅減少。

彌一每天都像做功課似地，一邊拆解、清潔保養、組裝，一邊喃喃自語：「我在幹麼啊！」

他之所以不想返還狩獵證照，每天仍舊保養獵槍，是因為捨不得這份做了超過五十年的工作。

他將M1500放回保險箱，確實上鎖。

彌一走回玄關時，瞧見吃完肉塊的狗閉著眼，趴在地上。

牠在睡覺，肯定相當疲累。

彌一回到起居室，伸手拿起杯子，一邊啜飲燒酒，一邊目不轉睛地望著狗的睡臉。

2

彌一為狗套上將門的項圈和牽繩，讓牠坐在小貨車的載貨台，出發前往久違的市區。

他將貨車停在鎌田動物醫院的停車場，牽著狗走進醫院。可能是距離開診還有一小段時間吧，候診室沒半個人。

「這不是彌一先生嗎？」

彌一正在櫃台掛號時，院長鎌田誠治恰巧步出診間，這間動物醫院已經開業超過三十年，彌一養的每隻獵犬的健康管理都是委託鎌田。

「哦，又開始養狗啦？將門死的時候，你不是說不再狩獵嗎？」

「醫生，牠是流浪狗，昨晚流浪到我家。」
「這年頭還有流浪狗，可真稀奇啊！」
「我今天帶牠來做健康檢查，順便洗澡。看牠這麼瘦，又有點髒，應該在山裡流浪了一段時間吧。」
「這樣啊！就怕牠有傳染病和蝨子。」
「還有啊，想說給牠拍張照，放在網路上什麼的。」
鎌田特地在動物醫院官網設了個協尋流浪貓狗飼主的專區，放上貓狗的照片，寫明牠們的外型、性格特徵等，藉此重回飼主懷抱的毛小孩還不少。
「小事一件啦！我確認一下牠有沒有植入晶片吧。你先填一下病歷表，我馬上幫牠看診。」
鎌田摸了兩三下狗頭，走進診間。
「片野先生，麻煩你填寫病歷表。」櫃台的護理師說。
彌一接過病歷表，坐在候診室的長椅上。
本來想動筆填寫狗的名字，卻冷不防停手。
猶豫片刻後，寫上「教經」。

之前養的那隻獵犬的名字取自「平將門」，現在這隻的名字取自「平教經」。彌一幫狗夥伴們取的名字，多是取自源平武士之名。

寫上「教經」這名字後，像是年齡、健康狀況等欄位便只能空著，因為完全不清楚。

「能寫的只有這一欄吧。」

彌一將病歷表遞給櫃台的護理師。

「只知道牠的名字嗎？」

「就連名字也是臨時取的。」彌一回道。

「教經，你本來就沒名字，對吧？」

狗——教經抬頭望著彌一，緩緩地搖尾巴。

❖

教經除了偏瘦之外，健康方面沒什麼問題，身上也沒發現蝨子。牠的體內有晶片植入，飼主似乎住在岩手，牠名叫多聞。

「從岩手來到島根？」

鎌田頻頻歪頭，一臉困惑。

彌一趁護理師幫教經洗澡時，去採買東西。

他去了趟超市，買些蔬菜和燒酒，反正有塞在冷凍櫃的鹿肉和豬肉可提供充分的蛋白質，還有自家田地收成的米可吃。

妻子初惠在世時，農活都是她獨自負責。初惠於四年前病倒，農地的事便由彌一扛起。畢竟狩獵的收入逐年減少，彌一那時也萌生引退念頭，便毫不猶豫當起農夫。即便初惠去了另一個世界，彌一對農事也沒有絲毫怠慢，畢竟這是愛妻一手打造的田地，持續耕作也是對她的一種敬念。

他又去了一趟購物中心，在寵物商品區買了新的項圈和牽繩，最後將一大袋狗糧放進推車，走向收銀台。

「哦？又開始養狗啦？」

熟識的女收銀員說。

「撿到一隻流浪狗。」

這麼回應的彌一心想，要是迷途的狗哪天重返主人身邊，就用不到這麼一大袋狗糧吧。不禁暗暗嘲笑自己。

我打算和教經一起生活。彌一看著收銀員拿起狗糧掃過條碼，下此決心。

❖

彌一在藥局買了止痛藥，回到鎌田動物醫院。

洗完澡的教經自信無比地挺胸。

「你也討厭渾身髒兮兮的啊！看來你不只聰明，還自傲得很啊！」

彌一為牠戴上新項圈和牽繩。

「還沒接到飼主的聯絡，我們今天會再更新一次協尋啟事。」

櫃台的護理師對付清款項的彌一這麼說。

「麻煩你們了。」

彌一突然有股愧疚感，因為他不希望找到飼主。

初惠已經走了三年，將門也於半年前病歿，彌一以為自己早已習慣孤獨，或許不是這麼回事。昨晚因為教經的出現，又喚醒和狗夥伴們一起生活的點點滴滴。

彌一回到家，馬上準備摻著鹿肉的狗糧，讓教經在庭院自由活動，反正牠就算恣意亂跑，還是會回來；不知為何，彌一就是如此確信。

在庭院四處嗅聞的教經突然抬頭，望向山腳下的村落，鼻子不停抽動，豎起耳朵，揚起尾巴。那充滿自信的模樣好美。

教經突然低聲吠叫。有輛小貨車從山腳下的村落駛來，正在爬坡。那是田村勳的車子。

「沒事，教經。不是什麼壞人啦！」

教經聽到彌一這麼說，才沒那麼警戒。

彌一家位於半山腰，農田則是在下坡處一隅。

車子駛入庭院，田村下車，低聲吠叫的教經並未走向他。

「哦？彌一先生，你又養狗啦？」

撫著禿頂的田村看著教經問。

「迷路的狗啦！找到飼主前，先留在我這裡。」

「迷路的狗？跑到這種地方？明明山腳下有那麼多戶人家，幹麼特地跑來你這裡啊！」

田村一臉詫異地看著教經。

「可能是在山裡流浪，就這樣跑來我家吧。」

「怎麼會在山裡……」

「這我哪知道啊？牠又不會說話。對了，找我有什麼事？」

「你知道下個月市議會要選舉吧？想說你能不能支持一下哲平先生。」

田村拿著中村哲平後援會的傳單。中村當了將近二十年的市議會議員，也是當地獵友會會長。明明狩獵、用槍技術一流的他卻選擇從政，還將獵友會搞成他的後援會。

「你走吧！我會投給別人。」

「別這麼說嘛！彌一先生。你不也是獵友會的成員嗎？」

「我早就退會了。」

「並沒有除籍啊！哲平先生說怎麼能讓本地最厲害的獵人退出獵友會。反正一切都是為了哲平先生嘛！是吧？」

「你不是知道我很討厭哲平這傢伙嗎？」

彌一大聲衝回去。瞬間，教經對田村齜牙咧嘴，發出低吼。

「哎喲！嚇死人！這種流浪狗啊，不知道有沒有學過規矩，還是拴住比較好啦！」

田村臉色越發鐵青。

「這小子有教養得很，比你那些笨狗聰明好幾倍。」彌一嘲諷。

田村的表情很僵。

「別老是心懷怨恨地發牢騷，多少為夥伴盡些心力嘛！我們獵友會可是受哲平先生不少照顧——」

「再不走，就別怪我的狗不客氣哦！」彌一低聲說道。

「彌一先生……」

「你以為我不曉得那傢伙假意幫忙驅逐擾亂村子的野豬和熊，實際上是騙老人家們的錢嗎？」

田村忿忿咬唇。

「你們也從中撈到不少好處吧。哪門子的獵友會啊！都是些槍法不怎麼樣，連狗也教不好的傢伙。」

「真是夠了。你本來就是那種眼睛長在頭頂上的人，初惠姐死了之後，我看你變得更孤僻古怪了。」

田村朝腳邊吐了一口唾沫，隨即坐進小貨車。

教經不停朝貨車吠叫。

「夠了，教經。」

彌一伸手示意，教經立刻明白這手勢的意思，停止吠叫的牠斜睨揚長而去的小貨車。

「說我眼睛長在頭頂上……」

嘴角微揚，不禁冷笑的彌一突然蹙眉，因為感覺背脊一陣刺痛。

他拆開剛買的止痛藥，直接服用，連水也沒喝。汗珠頻冒。看來要過一段時間才會發揮藥效。

彌一弓著身子，強忍劇痛地進屋。在玄關脫鞋後，忍痛爬到起居室，隨手拿坐墊當枕頭，趕緊躺下。

站在玄關的教經看著彌一。

「過來這裡。」

彌一拍拍榻榻米，教經偏著頭。

「沒關係，過來這裡。」

他又拍了拍榻榻米。教經進屋，戰戰兢兢來到起居室，趴在彌一身旁。

之前養的獵犬們都沒進過屋，因為培養自立是成為優秀獵犬的首要條件，彌一覺得讓牠們獨自在屋外生活是最好的方法。

但教經不是獵犬，我也不打算訓練牠成為獵犬，因為我不當獵人了。

今天的我需要溫暖。

彌一的手放在教經背上，感覺好溫暖，這股溫暖感可以舒緩疼痛。

3

教經來到彌一家，轉眼已過了一個月。時序進入深秋，山巒逐漸染上紅色與黃色。遲遲聯絡不上牠的飼主。

一起生活後，彌一逐漸弄清楚教經是歷經長途遠行，旅途中偶然來到彌一家。

看來牠一定餓到極點吧。春天到夏天，日本的山裡是食材寶庫，多的是可以用來裹腹的小動物和水果。

但秋日一到，山的模樣幡然一變，不僅沒水果可吃，連共生的小動物們也杳無蹤跡。狗的祖先狼是集體行動、一起狩獵的生物，所以狗也一樣；體力、頭腦再怎麼出色的狗，單憑一己之力獵食還是有其限度。

於是，好幾個禮拜都獵不到食物的教經決定向人類求助。

但為什麼會找上彌一？

田村說的那句話，不時在彌一的腦子裡迴響：

「明明山腳下有那麼多戶人家，幹麼特地跑來你這裡啊……」

那時，彌一是說牠在山裡徘徊許久，才來到自己家。但其實一路上應該有不少人家，為何牠偏偏來彌一家？

是不是嗅到孤獨、死亡的氣味呢？彌一思索。

一定有什麼原因讓教經來到彌一家。

彌一讓教經坐上小貨車的副駕駛座，出發前往市區；就像讓牠和自己一起睡，也讓牠的座位從載貨台移至副駕駛座。

坐在副駕駛座上的教經一直望向窗外，那側臉似乎在說牠很習慣搭車。

「你的主人是個什麼樣的人？你們怎麼會走散啊？」

彌一有時會這麼問教經。明知不可能得到答案，還是忍不住問。

教經總是望著同一個方向，那就是西南方。西南方有著對牠來說，十分重要的什麼，就是為了前往那裡而踏上旅途的吧。

「九州嗎……你的家人在九州？」

教經豎起耳朵，依舊望著西南方。

這一個月來的相處，加深彼此的羈絆，但望著西南方的教經看起來宛如另一隻狗，而彌一的內心深處颳著冷冽的西北風。

教經是我的狗，卻又不是我的狗。

彌一不捨又焦慮，畢竟要是找到疑似住在九州的飼主，最好還是讓教經回到屬於牠的地方。

即便心裡這麼想，卻遲遲未行動是出於老人家的執拗，因為再也無法忍受獨眠難熬的漫漫長夜。明明年輕時不是這樣，追捕獵物，可以好幾天餐風露宿也沒關係，也不曾依戀過誰。

彌一放緩車速，在前方十字路口左轉後，又開了一段路再左轉。拿取市立醫院停車場的停車券，停妥小貨車。

「你在這裡等一下哦！」

彌一打開一點車窗，鎖好車門。雖說時值晚秋，但陽光曝晒下，車內氣溫還是會升高；雖然這麼做頗大膽，但要是知道車上有狗，有心人士也會退避三舍吧。

彌一在櫃台辦妥看診手續後，坐在內科候診室看報紙，盡是些和電視新聞一樣無趣的報導，不想看報的他索性玩起報紙上的數獨遊戲打發時間。

「片野先生、片野彌一先生，請到二號診間。」

彌一起身走進診間，內科醫師柴山盯著電腦螢幕。彌一落座柴山面前的椅子。

「片野先生，上次的檢查結果不太樂觀，癌變持續惡化。」柴山醫師說。

彌一點頭。沒有積極接受治療，病況當然惡化。

「要不要考慮接受化療？要是不願意的話，起碼也住院接受治療。」

彌一搖頭，「請開給我止痛藥。」這麼說。

「片野先生！」

「我已經說過好幾次，我不接受治療，反正到時只有死路一條。」

柴山醫師嘆氣。自從彌一診斷出罹患胰臟癌，他們不知討論過幾回關於治療的事。

「告訴你女兒了嗎？」

彌一搖頭。

「片野先生，上次回診我說過這種事必須和家人商量。」
「真的對醫生很抱歉。就怕我這臭脾氣，搞得家人很不愉快。」
「這不是現在要考量的問題吧。」
柴山醫師蹙眉。
「謝謝醫生，下個月回診見。」
彌一起身。
「你真的覺得這樣比較好嗎？」
柴山醫師扶著眼鏡架，抬頭看著彌一。
「我思考很久才做這決定。醫生，謝謝你。」
彌一深深行禮道謝後，步出診間。
初惠也是罹患胰臟癌，雖然她很早之前就說身體不適，卻遲遲沒去醫院就診。後來痛到昏倒，躺在救護車上進了醫院的她被診斷是癌末。
聽聞母親重病，遠嫁京都的獨生女美佐子立刻衝回來，擅自決定很多事，包括使用強效藥物的抗癌治療。
美佐子彷彿無視彌一的存在，作主決定一切，也不聽取老父親的任何意見，要是彌一稍微抱怨，就會被女兒回嗆：「爸爸沒資格說這種話。」

彌一知道自己不是好丈夫，也不是好父親，成天不是在山裡打獵，就是跑去喝酒。一直過著這樣的人生。

我想回家——這是住院時的初惠常常掛在嘴邊的一句話。我想回家，想看看將門。我想去田裡採收地瓜，喝著日本茶，坐在簷廊做日光浴，只是想做這些事而已。

無奈被癌細胞吞噬的身體無法隨心所欲地活動，抗癌劑的副作用讓初惠痛苦不堪。歷經將近一年的抗癌療程後，初惠衰弱到無法出院，別說回家了，也無法看看將門。

初惠臨終前說的話，看著彌一的眼神，讓他永難忘懷。

「我想死在家裡。」

初惠說。她看著彌一的眼神，似乎在控訴美佐子為何反對這件事。

身為丈夫的我，要是能實現她最後的心願就好了。

初惠的眼底映著失望與無奈，其實她身體健康時，眼底也是反覆映著失望與無奈，嚥下最後一口氣時也是。

是我讓初惠一輩子命苦。

每次彌一這麼想，就很不捨妻子的最後處境。

因此當他知道自己罹患和初惠一樣的癌症時，馬上做出決定。不接受治療。

他想像初惠期盼的那樣，在家裡生活、在家裡嚥下最後一口氣。他想繼續守護妻子花了半輩子悉心照料的田地，直到最後。初惠也希望如此吧。

就算告知女兒自己罹癌的事，美佐子也不會像得知母親罹病時那麼不捨與焦慮吧。隨便爸爸——不難想像美佐子會這麼說。

彌一知道不管是初惠還是美佐子，都不會原諒他。

只有狗夥伴們會諒解他。

彌一接過處方箋，付清費用後，離開醫院。當他走向停車場時，望見坐在副駕駛座的教經。

果然還是望向西南方的牠一動也不動，不知道的人瞧見，搞不好會以為是擺飾。

彌一一走近，教經便看向他，嘴角上揚，彷彿在笑；雖然從彌一的角度看不到，但牠肯定在搖尾巴。

「久等啦！我們回去吧。」

坐上駕駛座的彌一撫著教經的背。

「今天也去山裡散步吧。不過我們得先去趟藥局，我的止痛藥快沒了。」

彌一發動引擎。隨著氣候越發嚴寒，背痛次數也增加了。

總覺得自己可能撐不到冬天。在那之前，必須好好想想教經往後的事。

「我知道自己的病況很糟，但也不可能明天就去了另一個世界吧……」

自言自語的彌一踩下油門。

❖

彌一伸手扶著樹幹，反覆深呼吸。他與教經一起入山還不到一小時，就已經氣喘吁吁，雙膝不聽使喚。

「不中用囉！」彌一不由得感嘆。

直到去年，他每週還會和將門一起在山裡四處打獵，但自從將門死後，彌一便不曾入山，只是沒想到僅僅半年，體力就衰弱成這樣。

年輕時，隨時都有滿滿的體力入山；過了五十歲，深深覺得要是沒持續鍛鍊，體力就會越來越差。

今天之所以喘成這樣不光是上了年紀的關係，也是因為病魔削弱了體力。

教經站在荒僻小徑的彼端，俯視彌一。牠沒有走向彌一，也沒往前走，只是站在那裡等待他跟上。

彌一取出塞在後背包側袋的水壺，大口喝水。感覺水分滲至細胞各角落，就連呼吸也逐漸緩和。

「久等了。走吧！」

彌一將水壺塞回背包，瞥見腳邊有根可以當作手杖的枯枝，隨即拿起，邁開步伐。當自己必須用到這東西時，更覺得不堪，但凡事都有取捨，不得不服老。

彌一用枯枝當作手杖，登上荒僻小徑，這裡是這座山最陡峭的一段路；但過了這段山坡，路就平坦多了。彌一咬牙，大口吸氣地邁步，被汗水濡溼的上衣令人感覺很不舒服。

彌一花了比往常多上一倍的時間，才到達教經等待的地方。只見牠頻頻嗅聞周遭的樹林。

彌一也發現地上有痕跡，似乎是野豬母子不久前經過這裡時留下的足跡。

「不可以追上去哦！」彌一說。

停止嗅聞的教經看向彌一，聽他囑咐。

「帶著孩子的野豬特別凶，你再怎麼厲害，也敵不過守護孩子的母親，所以別去招惹就對了。」

雖然教經還是不停抽動鼻子，但牠放棄追逐野豬。

「你真的很聰明呢！到底是被什麼樣的主人教出來的啊？」彌一問。

當然不可能得到答案，但對狗說話已然成了他的習慣。

狗雖然不會說話，卻多少聽得懂人類的意思，所以能和牠們溝通，羈絆也隨之越深。遇到突發狀況時，人與狗的羈絆比什麼都有用。

「走吧！」

催促教經的彌一先往前走。約莫步行十分鐘，來到山頂。雖然不是海拔很高的山，但可以俯瞰山頂附近的樹木，讓彌一盡享登高遠眺的樂趣。

走在平緩山坡，呼吸比較規律沉穩，膝蓋也不再痠疼；雖然不再需要手杖，彌一仍舊握著枯枝，畢竟下山才是對肌肉的真正考驗，所以還是需要這東西。

登至山頂，視野突然開闊。彌一坐在斷掉的樹幹上，又喝了些水；然後取出單柄鍋，倒些水給教經喝。

喝完水的教經站在山頂正中央，望向西南方。

沿著山路南下約十公里，就到了山口縣。走過山口縣，橫渡大海到另一頭就是九州。要是朝西南方畫條直線的話，最先到達的是大分縣一帶吧。

「你為什麼會和主人走散呢？」

彌一問教經。牠只是豎起耳朵，凝然不動。

「你一直在找主人吧？」

教經這才看向彌一，漆黑眼瞳深處似乎棲宿著類似寂寞的情感。

「一定是對你來說很重要的人吧。既然如此，不用管我了。去找你的主人吧。」

教經偏著頭。

「他才是你真正的家人，當然要回到家人身邊啊！難不成要留在我身邊嗎？」

彌一問教經的同時也自答。

莫非牠知道彌一的死期將至，所以才選擇來到彌一家？

彌一相信牠是因為嗅到孤獨與死亡的氣味。為了療癒彌一的孤獨，陪伴他走向人生終點，所以教經中斷搜索家人一事，陪在他身邊吧。

我在想什麼啊！狗就是狗，不是人。

縱然如此，對彌一來說，狗是一種特別的存在。

因為人類很愚蠢，所以狗是上帝、神佛派來陪伴人類的生物。再也沒有比狗更理解人心，更親近人類的動物。

「教經，過來這裡。」

彌一招手，牠馬上湊近。彌一輕拍自己的大腿，教經將下巴靠在他腿上。

「謝謝你。」

彌一撫著教經的頭。

「真的很謝謝你。」

他那撫著教經的手，始終沒停過。

4

山腳下的村落有熊出沒。

熊爬到杉下一郎家種在庭院的柿子樹上，吃得柿子掉得一地都是，還大肆破壞附近的田地。熊肯定是為了冬眠做準備。

以往山與村落之間有著肉眼看不見的界線，所以動物們不會下山入村；但不知從何時開始，抵擋不住高齡化浪潮的村子越發蕭條，也越來越疏於留意山裡的情況，於是無形的界線消失，生活在山裡的生物們開始頻繁現身村落。

要是野豬或鹿的話就還好，最怕攻擊性強的熊出沒，倘若不幸撞個正著，負傷、慘死的肯定是人類。

教經在庭院狂吠，通知有人來。

彌一強忍痛楚地起身，從幾天前就開始的背痛一直未見好轉，即便吃了醫師開的止痛藥，藥效也不持久，兩小時後又劇痛不已。

處方箋的止痛藥吃完後，勉強還能用市售成藥撐一下，但也快撐不下去了。彌一之所以遲遲不回診，是因為醫師一定會催他儘快住院。

彌一來到庭院時，田村的小貨車恰巧駛進來。

「彌一先生，緊急徵召。」田村下車說道。

「我已經不打獵了。」彌一回。

「別這麼說嘛！你可是我們這裡的第一把交椅呢！只是都不願意來獵友會走動走動。」
「我已經沒體力在山裡跑來跑去啦！」
聽到這番話的田村不停眨眼。
「彌一先生，你是不是變瘦啦？」
「你現在才發現啊？」
「不會吧……」
彌一頷首。
「哪裡不舒服？」
「胰臟。」
「那不是和初惠姐一樣嗎？」
「初惠肯定到死都還恨我吧。也許這是她留給我的伴手禮。」
「別說這種玩笑話啦！有去醫院嗎？」
「每個月去一次。」
彌一走進屋裡，坐上擺在玄關的椅子，因為現在的他連站著都很吃力。

田村和教經也跟著進屋。

「吃標靶藥物?還是化療?」

彌一搖頭。

「我沒接受治療,只吃止痛藥。」

「那這樣不是會死嗎?」

「勳,你也知道初惠臨終前的情形吧。她一直說想回家,想在家裡嚥下最後一口氣……」

田村低著頭。彌一忙於農務和打獵時,幫忙照顧初惠的人就是田村的妻子久美。

「病況很糟嗎?」

田村沉默片刻後,問道。

「之前和教經入山時,足足花了一個多小時才登頂。」

田村剎時面色鐵青。彌一身體狀況很好時,不須半個鐘頭便能攻頂。

「這麼糟啊……」

「所以我沒辦法幫忙驅趕熊。」

「別這麼說嘛!我們獵友會主要是負責狙擊鹿和野豬,不是負責獵熊啦!」

「驅趕熊和狙擊野豬一樣，發現牠們的蹤跡，追趕、狙擊。總之，我已經沒辦法幹這種活囉！」

「你真的不打算治療？」田村問道。

彌一頷首。

「反正就是坐等死神上門。」

「那這隻狗怎麼辦？你死了之後，牠就沒依靠了。」

田村看向教經。

「勳，我想拜託你一件事。」彌一說。

「拜託我？」

「要是我死了，希望你能帶牠去九州。」

「九州？」

田村雙眼圓瞠。

「哪裡都行，帶牠到九州的山裡野放，牠應該有自己要去的地方。」

「要去的地方？什麼意思啊？」

「這小子在找牠的家人，只是途中偶然來到我家罷了。」

「這隻狗在找家人？」

「是啊！勳，拜託你了。我從沒拜託過你吧？好歹也答應我這件事。」

「是沒問題啦……」

「謝謝你，勳。」

彌一握住田村的手，田村一臉困惑。這是當然的，畢竟兩人交情超過三十年，他從沒看過彌一這模樣。

「我很願意幫忙，但彌一先生還是讓自己活得久一點吧。畢竟你才剛滿七十歲，是吧？」

「已經活得夠久囉。對了，你別向其他人透露我生病的事。」

「我知道啦！反正你啊，形同過著遺世獨居的生活，所以你要是突然走掉了，也沒人會察覺吧。」

彌一笑了，「也是啦！」這麼回道。

「有跟美佐子說了吧？」

「沒有……」

彌一含混其詞地回道。

「這怎麼行呀！當然要說啊！老父親和女兒，你們家就兩個人，不是嗎？」

「她很討厭我，所以我死了，她比較快活吧。」

「不行這樣啦！你要是不跟美佐子說，我就不答應狗的事哦！你要是不好開口，我來跟她說。」

「勳──」

「就這件事沒得商量啦！你得好好跟她說，咱們就這麼說定了。」

「知道了。今晚就打電話給她。」

彌一頷首回道。

「要是我沒過來，你也沒跟美佐子說，可就真的要一個人默默走掉了。」

「我就是想一個人默默走掉啊！」

要不是教經在的話，彌一不會把自己罹癌的事告訴田村。或許是因為有教經陪在身邊，彌一的命運才有所改變。

就算是這樣，我也是將死之人──痛到神情扭曲的彌一這麼想。

「那我走囉。要是有什麼事就聯絡我，我能幫忙一定幫。」

「嗯，不會跟你客氣。」

田村露出安心的笑容，步出屋外。教經湊向彌一，身體緊貼著他的大腿，彌一撫著牠的背。

「真是不可思議啊！撫摸你的時候，就沒那麼痛了。」

輕撫著教經的他閉上眼。

❖

手機響起。

因為手機有GPS功能，所以現在的獵人幾乎人手一機。彌一沒這東西，也能自由來去山中；無論是判斷天候、最近幾天的天氣，他都能精準預測，這是長年經驗累積出來的實力。

之所以依賴手機，是因為對自己的實力沒自信。所以他只須帶著能通話的手機就行了，反正很少使用。

「喂？」

「爸爸嗎？」

傳來美佐子的聲音。看來田村已將彌一生病的事告訴她。

「怎麼啦？」

「剛才田村先生打電話給我。」

「是喔。」

「聽說你拒絕治療。」

「嗯。」

彌一忍住就快脫口而出的嘆息。教經走過來，將下巴擱在他的大腿上，彌一撫著牠的頭。

「你覺得是我讓媽媽很痛苦地死去，對吧？」

美佐子的口氣頗尖酸，而且一向如此。彌一記得女兒升上高中後，對自己從來沒好聲好氣說話，他覺得是自己這個不稱職的父親造的孽。

「我沒這麼想。」

「你覺得都是因為我不尊重媽媽的意思，讓她繼續接受化療，對不對？」

「我真的沒這麼想啊！」

「那你為什麼不化療，也不告訴我，寧可一個人默默死去？」

美佐子大吼地說。

「我不想給你添麻煩。」彌一回道。

「什麼添麻煩？我們是一家人啊！我們是父女，不是嗎？」

美佐子突如其來的話語讓彌一不知如何回應。

「我一直很恨爸，很討厭你，但我從來沒想過你要是死了該有多好，你懂嗎？就算我們沒見面，但只要知道你現在還是扛著獵槍在山裡跑來跑去，我就很安心。要是你沒告訴田村先生，我就一直被蒙在鼓裡，讓你一個人默默死去啊！」

「我真的不想給你添麻煩。」

彌一用微弱的聲音回道。

「你早就給媽媽和我添了很多麻煩，現在說這些有什麼用啊！」

「對不起。」

彌一向沒任何人的空間行禮道歉，教經一臉不可思議地看著他。

「媽媽的事……我也有反省。她明明那麼想回家，卻沒讓她回去，所以我反對爸爸自己決定一切，況且我沒辦法坐視不管。總之，下週末我會帶小絹一起回去。」

彌一好久沒聽到外孫女的名字。小絹今年應該是大學生了，聽說她就讀大阪的大學。

「小絹還好嗎？」

「好到令人煩啊！反正就這麼說定囉。在我們回去之前，爸爸要好好活著，不可以說走就走，我可是絕不原諒哦！」

「知道了。你們要開車過來嗎？」

「搭車太花時間，況且離最近的車站還有一大段路，所以我們會開車過去。」

「小絹開車？」

「她上大學後，馬上就考到駕照，週末會開她爸的車，到處晃。」

「是喔。」

彌一搔頭。自己竟然連家人的事情都不清楚，這也難怪，因為從沒想了解過。

「身體情況如何？還好嗎？」

美佐子口氣驟變。

「沒問題啦！」

彌一說謊。

「是喔，那我們下週回去。我會帶一夫老家的奈良漬，這是媽媽最愛吃的東西，想說供在佛桌上給她嘗嘗，爸爸再吃掉就行了。」

「好啊。奈良漬好吃。」

美佐子的婆家在奈良，親家母每年都會自己醃漬小菜，味道一絕，初惠非常喜歡。

「就先這樣囉。」

「好。」

彌一掛斷電話後，一直瞅著手機，彷彿手機上沾了什麼東西。看了好一會兒，才將手機塞進口袋。

「人類真的很蠢啊！」

他對教經這麼說。

「我也是其中一個笨蛋。你們那麼聰明，肯定很不屑我們吧？」

教經發出一聲鼻息，轉身走開。

果然很不屑吧。彌一微笑，站起來時背脊又起了一陣刺痛，痛到他蜷縮身子，趴在地板上不停喘氣。

教經擔心似地在彌一身邊踱步。

「沒事。」

彌一抬頭。教經停步，鼻子湊近彌一的臉，頻頻嗅聞。
「美佐子和小絹來之前，我不能死，所以沒事啦！」
彌一趴在地上一會兒後，疼痛才稍稍退去；他仰躺著，張開雙手。
「下週末……再過十天，沒問題的。教經，你也向神祈求，讓我平安度過這十天吧。你們是神派來的使者，這點小事應該辦得到吧？」
教經咬住彌一的袖子，不停拉扯。彷彿在說：不要躺在這裡，要睡去床上睡！
「知道啦！」
彌一費了九牛二虎之力才站起來。
「別在起居室睡覺、不要喝那麼多，你和初惠還真像啊！」
彌一低頭看著教經。
「搞不好初惠的靈魂附在你身上呢！」
彌一喃喃自語，走向洗手間準備刷牙。

5

獵友會並未成功狙擊到熊，這下子負傷的熊更讓居民深感恐慌。

中村哲平還特地請到來自兵庫縣丹波市的獵熊專家。沒想到這位專家中看不中用，一時慌亂的他沒有準確擊中，子彈只是擦過熊的側腹；負傷的熊驚慌逃走，獵人們完全尋不到牠的蹤跡。

「真是不中用啊！」

彌一配著水，服下止痛藥，嘆氣說道。

彌一去醫院領取止痛藥。雖然聽著醫師好言相勸還是住院比較好、現在開始治療也不嫌晚，諸如此類的話令他心煩，但與日遽增的疼痛感實在由不得他再任性下去。

疼痛感越發劇烈，藥效也越來越短。他謊稱自己很忙，沒空回診，所以請醫師多開些止痛藥，但他知道這麼做不曉得能撐到何時。

市售成藥根本止不了痛，一旦手邊的藥沒了，下次回診勢必得和醫師討論今後該如何對抗病魔。

我不想住院，也不想治療。彌一只希望有人提點他該怎麼走下去。
教經朝外頭吠叫，但只叫了幾聲，便望向玄關那邊。車子的引擎聲越來越近，應該是田村吧。教經會分辨郵差的機車、宅配的貨車，以及田村的小貨車引擎聲。
「彌一先生，打擾了。」
田村擅自開門，走進玄關。
「就想說應該是你。」彌一說。
田村看到彌一，剎時愣住。
「你的臉色好差喔！」
「我是病人啊！」
「去醫院回診了嗎？」
「前天去了。」
「真的很叫人擔心啊！」
田村坐在玄關的椅子上。
「你聽說了吧？昨天沒成功狙擊到熊。」
「不是從丹波請來高手嗎？」

「那傢伙根本中看不中用！昨天晚上我問丹波的獵友會，他們笑說那傢伙就是一張嘴很會說。」

「居然信那種傢伙說的話，我看哲平的腦子也不清楚囉！」

彌一揚起嘴角諷笑。

「畢竟選舉近了，想說用獵熊的事搏個名聲嘛！要是彌一先生肯幫忙就不會搞出這種事了。」

「你是說都是我害的？」

田村趕緊搖頭。

「我不是這意思。對了，這次可以幫忙嗎？熊一旦受傷，這下子就更麻煩了。這種事彌一先生再清楚不過了。」負傷的熊因為恐懼與憤怒，會襲擊觸目所及的任何東西，因此獵捕熊一定要一槍擊中要害。

「老人家們現在可是恐慌到不行啊！還說不投給哲平先生了。」

「我也想幫忙，但真的沒辦法。」

彌一自嘲。

「我擔心自己沒體力扛著槍，走山路啊！」彌一又說。

「這麼糟？勸你還是住院比較好啦！」

「生活方面是還好啦！只是拖著這身子上山，自己都覺得很不堪。」

「真的不行嗎……」

「不好意思啦！」

「你身體不好，也是沒辦法的事。我們會想辦法解決熊的事，你好好保重。」

田村行禮後，步出屋外。

教經直盯著彌一，感覺牠似乎在說：這樣真的好嗎？

「沒辦法啊！我去只會給大家扯後腿吧。」

彌一轉身走開。

❖

彌一打開保險櫃，取出M1500，雖然許久未用，卻沒有疏於保養。他拆解槍枝，清掃一番，再組好。然後扣了一下扳機，確定沒問題。

彌一吐出積存在肺中的氣息。

本來想說再也用不到了。沒想到這把槍上場的時刻又到來。

昨天，中村哲平率領獵友會成員入山驅熊，結果反遭熊襲擊，有個叫鈴木的男子身負重傷。

「所以一定要準確命中才行啊！」

彌一更衣，穿上登山用褲子和法蘭絨襯衫，再套一件綴著很多口袋的背心，然後將備用子彈、刀子、笛子等東西塞進口袋。

接著穿上登山靴，戴上愛用的手套，準備就緒。

「教經！」

彌一一喊，教經便奔來。

「雖然我沒教你打獵的事，但你很聰明，應該沒問題吧。只要聽我的指示就行了，知道嗎？」

教經抬頭看著彌一，那眼神清澄到有點恐怖。

「我們完成任務回來後，就放你自由。你不必再跟著我，去找你的主人吧。」

彌一輕敲教經的頭，步出屋外，開著小貨車駛向山腳下。

來到集合地點，也就是神社的停車場，早已聚集不少獵友會成員。

彌一下車，走向眾人。

「拜託你了。彌一先生。」

中村哲平一臉焦慮地說。八成是因為有人出事，損及獵友會的聲譽，當然也會影響選舉。

「就像勳說的，大家將熊從山頂那邊追趕到鶴溜。」彌一說。

鶴溜是位於半山腰的一彎小池，以前這池子是季節遷徙的鶴的休息站。

「彌一先生，你一個人沒問題嗎？」田村問道。

「嗯，我習慣單獨行動。」彌一說。

雖然名為獵友會，其實是一群實力不怎麼樣的獵人，所以要是有機會同行，馬上就能識破他們有幾兩重。

「丹波來的那個三腳貓，說什麼他要為有人受傷一事負責，所以獨自先入山了。」中村哲平說。

「怎麼沒阻止他！」

彌一怒聲質問。只見中村哲平臉色驟變。

「我有阻止啊！但他不聽勸呀！」

「竟然找來那種人，我看你腦子秀逗了！」

彌一扛起獵槍。

「一個人跑進不熟悉的山裡，實在有勇無謀。記住了，我們的暗號只有笛聲，連獵犬們也得跟緊才行！」

眾人聽到彌一這番話，一齊點頭。

「好了，走吧。我在鶴溜那邊等著。」

男人從神社旁邊分批入山，獵犬們顯得十分興奮。

「真是的！居然連狗也沒教好……」

彌一嘆氣，他從另一邊入山。

走在幾乎看不到路的山徑上。明明彌一也沒特別叮囑，教經卻緊跟在他身後。

步行不到五分鐘，彌一就後悔沒帶手杖。這裡離鶴溜大概要走上二十分鐘，想說就算沒用手杖，應該也沒關係。但體力衰弱的情形遠遠超乎他的想像。

身上背著的背包、扛在肩上的槍變得好沉重。每次舉腳爬坡，大腿肌肉就會抖個不停，氣喘如牛。

「真的不中用了……」

彌一自言自語。

「這樣下去，怕是只有死路一條吧，」彌一回頭，對教經這麼說，「一年前我還能在積滿雪的山裡奔來跑去，可是現在……不中用囉。」

教經對於彌一這番話，沒有任何反應，只是頻頻嗅聞四周。

「也是啦！有空發牢騷，不如往前走，是吧？」

彌一拭去額上汗珠，喝些水。照這情況看來，恐怕得花上一個鐘頭才能走到鶴溜。獵友會那群人應該三十分鐘後就會攻頂，時間實在緊迫。

我得加快速度才行。

彌一咬牙，加快腳步。氣喘吁吁，汗水有如瀑布般直流，雙腳像是鉛塊般沉重，肺部快燒掉似的。

看到池子的那一刻，彌一的精力澈底耗盡。

他在一塊崩落大岩石的陰暗處坐下，試圖緩緩氣息。瞅了一眼手錶，比預定抵達的時間足足晚了十五分鐘。

獵友會那群人應該已經到達山頂，準備將熊追趕到鶴溜。

不再喘得那麼厲害後，彌一在池子四周散步。這池子是山中動物們的飲水地，池畔散布著鹿、野豬、狐和狸的足跡，其中還有剛走不久的熊的足跡。看來負傷的熊也來這裡喝水。

現在感受不到任何動物的氣息，應該是牠們察覺到獵友會的殺氣，全都躲起來了吧。

從山頂傳來敲打金屬罐子的聲響。大家分散各處，故意發出噪音，試圖將熊驅趕至鶴溜。

彌一躲回岩石陰暗處，裝填子彈。

「教經，絕對不能亂動哦！」

他指示跟在一旁的教經，隨即趴在地上，架好獵槍，調整氣息，摒除任何雜念與思緒。

整個人與山融為一體，這是彌一狩獵時的基本原則。不讓獵物感受到任何不尋常的氣息，讓其澈底鬆懈。

過了一會兒，池子另一頭的竹林不停搖晃，彌一扣緊扳機。

但他隨即又鬆手，因為竹林的搖法不太對勁，掩身林中的似乎不是野生動物。

「莫非是丹波來的那個三腳貓？」

彌一嘖了一聲，挺起上半身。

要是不趕快驅離這個闖入者，熊一旦察覺不對勁，就不會靠近這裡了。

就在彌一要站起來時，一個踉蹌，身子失了平衡，他趕緊扶著岩石。

有個人影從池子另一頭的竹林竄出，就是那個丹波來的獵人。

趕快離開那裡！就在彌一用力揮手的瞬間，胸部遭受猛烈衝擊；他倒下的同時，耳畔響著槍聲。

那個獵人誤以為彌一是熊。

「混蛋——」

彌一拚命擠出聲音，吐出鮮血。

教經狂吠，吠叫聲是如此尖銳、有力。

彌一絲毫感受不到疼痛，只覺得好冷，四肢末梢急速變冷。

我就這樣死去嗎？

彌一睜眼，躍入眼簾的是冬日青空，澄澈無垠的青空，有如教經的眼睛。

一直以來，我以獵槍奪走無數生命，如今的我成了愚蠢之人的槍下亡魂。

「這就是因果報應嗎？」

彌一想出聲，卻不曉得自己是否有出聲。

柔軟的東西觸著臉頰。原來是教經的舌頭，牠舔著彌一的臉。

「夠了。我快死了。你去找主人吧。」

彌一抬起猶如千斤重的手，揮了揮。教經卻定住不動。

不再舔著彌一臉頰的牠俯視著垂死老者。

「原來如此，你是為了這麼做才來我家嗎？為了陪我到最後一刻嗎？」

教經的雙眼果然很像冬日青空，雖然漆黑，卻清澄無比。

「我本來想一個人默默死去，這樣也比較符合我的作風，但教經……你來到了我身邊。」

彌一微笑。

「謝謝你，教經。」

他嚥下最後一口氣。

第六章

少年與狗

1

有東西從右前方林子跟蹌地竄出。

開著小貨車的內村徹急踩煞車，想說可能是野豬的孩子——小野豬吧。若是這樣，母豬應該在這附近。此刻的他只想趕快駛離此地。

無奈路面狹窄，小野豬又杵在路中央。

內村按喇叭。這麼做不只警告小野豬閃避，也希望正在附近的野豬媽媽聽到喇叭聲，能趕來帶走孩子。

只見小野豬縮成一團，可能是被喇叭聲驚嚇。

內村嘖了一聲，打開車頭燈。日暮時分的山裡很昏暗，背陽處就不用說了，視野更差。

「咦？」

沐浴在車頭燈下的不是小野豬，是狗。有點髒、骨瘦如柴，似乎受傷了的樣子。

內村下車。

「怎麼了?受傷了嗎?」

溫柔詢問的他走向那隻狗。

好像是雜種犬，看模樣應該是德國牧羊犬和日本犬的混種。雖然瘦到皮包骨，但健康狀況良好的話，體重起碼有二、三十公斤。

狗抬眼瞧著內村，搖晃尾巴，似乎頗親近人。

「好瘦喔!」

內村坐下來，將手輕輕擱在狗鼻子前方，只見牠舔著內村的指尖。

「哪裡受傷了?可以讓我看一下嗎?」

狗趴在路中央，內村試著碰觸牠的身體。狗毛硬邦邦，嚴重糾結，還看得到凝結血塊;看來在山裡徘徊的牠可能遭到野豬襲擊，雖然不至於身負重傷，但牠看起來又累又餓。

「等一下哦!」

內村返回小貨車，拿了放在車裡的瓶裝水，還有買來當點心的香蕉。

先讓牠喝水。內村倒了些瓶裝水給狗喝，只見牠迅速舔著，接著將香蕉剝成小塊、小塊地餵牠，狗一邊搖尾巴，一邊吃光香蕉。

「我想帶你去動物醫院，你要跟我去嗎？」

內村問狗，只見牠閉上眼。

內村明白閉眼是同意他這麼做的意思，遂抱起狗。

牠輕到令人心疼。

❖

「這隻狗營養失調。」

前田獸醫說道，他是內村認識的牧場主人介紹的獸醫。狗閉著眼，趴在診療檯上。

「我想應該沒有生命危險，先打點滴，觀察一下吧。對了，牠有植入晶片。」

「晶片？」

「就像狗的身分證，只要讀取晶片的資料，就能知道飼主的相關資料。」

「那就麻煩您了。如果可以的話，我想送牠回家。」

「了解。那就請你在候診室稍等。」

內村步出診間，走到醫院外頭講手機。

「喂，是我。」

「怎麼啦？我以為出了什麼意外，擔心死了。」

嘴上說擔心，妻子久子的聲音聽起來卻頗沉穩。

「回家路上遇到一隻受傷的狗。」

「狗？」

「牠瘦到剩皮包骨，連走都沒辦法走，所以我就帶牠來動物醫院，正在打點滴。」

「動物醫院沒納保，不是嗎？聽說費用不便宜。」

畢竟家計頗吃緊，內村能夠理解妻子忍不住想叨念幾句的心情。

「沒辦法啊！總不能見死不救吧。」

「也是啦！你要是這麼做，肯定寢食難安吧。」

「總之，牠今天應該會住院，我辦完手續後就回家，你們先吃晚餐，不用等我。」

「知道了。」

「小光還好吧？」

內村詢問兒子的情況。

「還是在用蠟筆畫畫囉。心情還不錯。」

「是喔。我這邊處理好就回去。」

內村結束通話，返回候診室。

「內村先生，請到診間。」

聽到櫃台人員這麼喊的內村打開診間的門。

「根據晶片登錄的資料，這孩子好像是住在岩手縣。」

看著電腦螢幕的前田說道。

「岩手嗎？」

「釜石市，飼主名叫出口春子。這孩子今年六歲，名叫多聞，可能是取自多聞天吧。」

前田敲著鍵盤，印表機開始運作。前田將列印出來的紙張遞給內村。

「牠是如何從岩手來到熊本呢……？你要和飼主聯絡嗎？」

「嗯。想試試看。」

❖

列印出來的紙張上頭記載著釜石的地址與電話號碼。

「從釜石？」

正在洗衣服的久子倏然停手。一關上水龍頭，屋子裡只聽得到小光在起居室用蠟筆畫畫的沙沙聲。

小光一天會畫好幾張畫，大多是畫動物，狗啊、貓啊之類的，還有一些看不太出來是什麼，只知道應該是動物的圖案。

「對了，還沒聯絡上飼主嗎？」

「是啊。晶片裡登錄的電話號碼好像停用了。」

「牠是怎麼從釜石跑來這裡的啊？」

「不曉得。」

「不過，還真是不可思議的緣分呢！」

內村贊同久子說的。那場大地震發生之前，他們一家是在釜石生活，後來海嘯奪走了他們的家園與船；雖然夫婦倆想在家鄉東山再起，但因為小光非常害怕海邊，只好放棄。一家人在遠房親戚的協助下，遷居熊本已經四年。

從漁夫轉行務農不是件容易的事，收入直到現在才稍微穩定些。

「我聯絡阿靖，請他幫忙查一下晶片登錄的地址是否還有人住在那裡。」

內村許久沒和以前的同行朋友往來。
「好懷念啊！不曉得釜石那邊現在如何？」
一家人遷居於此後，再也沒去過釜石。不，應該說下意識地忘卻家鄉的一切。
「如果找不到飼主怎麼辦？」
「你不是說這是不可思議的緣分嗎？」內村回道。
「也是啦！只是那孩子會怎麼想呢？」
久子看向起居室，小光正專注畫畫。

2

阿靖說，出口春子是大地震的犧牲者之一，海嘯襲擊下的失蹤者；雖然她在釜石有親戚，但他們無意收養多聞。
內村結束早上的農事後，去了趟動物醫院。多聞躺在診間最裡面房間的籠子裡。

牠一看到內村，隨即抬起頭，搖著尾巴。注射點滴後的牠看起來比昨天好多了，原本有點髒污的狗毛也在清理後回復光澤。

「復原情況不錯哦！再觀察一天，明天應該就能出院了。」前田獸醫說，「我幫牠做了一些檢查，除了營養失調之外，沒有其他問題；雖然身上有多處傷口，但都逐漸結痂了。不過保險起見，還是幫牠注射狂犬病和其他疾病的預防針。」

「謝謝醫生。聽我朋友說，牠住在釜石的飼主死於那起大地震。」

聽到內村這番話的前田神情困惑地說：

「這孩子好像花了五年的時間，從釜石來到熊本呢！」

「牠是如何渡海過來呢？」

「狗可是游泳高手呢！」前田笑著說。

「我想收養這孩子，應該沒什麼問題吧？」

「沒問題哦！因為飼主已經往生了，所以這孩子算是流浪狗，只要完成登記，內村先生就能成為牠的飼主。」

「太好了。」

「我們會協助辦理手續。要不要去向多聞打聲招呼？牠跟我和護理師不是很親近，但你每次來，牠都會搖尾巴，可見牠很信賴你。」

內村頷首，走到多聞待的籠子旁蹲下來。

「哦！多聞。我是你的新主人，請多指教囉。」

內村試著將手指伸進籠子，多聞舔著他的指尖，猛搖尾巴。

❖

內村想幫多聞戴上項圈，牠卻一直後退，顯然很排斥。

「要是不戴上這個，就不能和我一起生活哦！」

內村口氣溫柔地說。多聞看著新主人，從嘴裡流下口水。

「我向你保證，絕對不會讓你覺得不舒服，所以你要相信我，我可是你的救命恩人呢！」

多聞不再往後退，內村輕輕地為牠戴上項圈。

「你看，不會怎麼樣，對吧？」

接著繫上牽繩。內村站起來，多聞戰戰兢兢地走出籠子。

「走吧。」

內村向前田獸醫行禮道謝，帶著多聞步出診間，醫藥費之類的費用均已結清。

雖然牠還是皮包骨，但腳步穩健多了。前田獸醫說，多聞的體重應該可以回復到二十至三十公斤左右。

內村抱起多聞，讓牠坐在副駕駛座。

「只有今天哦！等你身體好了，就要乖乖坐在載貨台。」

他撫著多聞的頭，坐進駕駛座。多聞的鼻子不停抽動，似乎在確認車子裡的氣味。

「你快點康復，我們就能去散步了。」

內村又輕撫一次多聞的頭，隨即發車。多聞看向窗外。

為了讓牠欣賞景色，小貨車稍微放慢速度行駛著。駛進農道後，往來車輛銳減。

平常花個十五鐘就能到家的路，今天足足開了半小時。聽到小貨車引擎聲的久子步出屋外。

「小光，多聞來囉！」

她朝屋內喊道，卻沒瞧見小光身影，可能還在專注畫畫吧。

久子抱起多聞，讓牠站在地上。只見多聞頻頻嗅聞地面後，湊近久子。

「你喜歡我嗎?」

多聞搖尾巴。

「真的好瘦喔。趕快吃很多,胖回來,恢復健康,好不好?」

久子一邊撫著多聞的頭,一邊站起來。

「不過啊,必須先幫你弄乾淨才行。」

簷廊上早已放著水桶和浴巾,考量牠可能還沒有體力站著洗澡,所以久子打算用溼毛巾幫牠擦拭身體。

玄關那邊傳來聲音,多聞看向那裡,從來沒看過牠搖尾巴搖得這麼激烈。

小光赤腳走到外頭。

「小光,要穿鞋子——」

久子話說到一半又吞回肚子。小光凝視著多聞,多聞的尾巴搖得更厲害。

小光露出久違的笑容,微笑地走向多聞,摸摸牠。

內村默默地嚥了嚥口水。

大震災以來,這是初次見到小光的歡顏。

❖

久子察覺小光不太對勁，是在一家人開始避難所生活後的第三天。

「他一句話也不說，不笑、不哭，也不會生氣。」

想說他可能是一時衝擊太大，畢竟連大人都還記得那種死裡逃生的恐懼感，更何況是小孩子。

時間會解決一切。久子這麼安慰自己。

但避難所生活十分混亂，讓她連帶小光去看診的時間都沒有。

夫婦倆一面適應克難的避難所生活，一面頻繁地和小光說話，問他要不要去哪裡玩，想盡各種辦法開導他，但小光還是不說話，而且始終面無表情。

小光唯一感興趣的是紙與鉛筆，他總是任由鉛筆在紙上奔馳，畫些內村夫婦看不懂的畫。

震災過後一個月，夫婦倆總算有空帶小光去看診。他們向別人借車，帶兒子去看兒童心智科。

診斷結果和門外漢內村推測的一樣，因為震災的衝擊，導致小光心理方面出了問題，而這種情況只能靜待時間解決。

然而，過了一個月、三個月，小光還是不說話，只是一直畫畫。他們也試了醫師建議的治療方法，仍舊無效。

某天，內村與久子抱著小光去港口；雖已聽聞港口的慘狀，還是想親眼目睹。

街上還殘留著木材燃燒的氣味，四處都是瓦礫堆，被海嘯沖上岸的漁船塞住道路。

依偎在內村懷裡的小光緊閉著眼。大地震那時，內村也是像這樣抱著小光，死命逃離海嘯的魔爪，朝小山丘狂奔。或許小光想起那時的情景吧。

越靠近海邊，潮聲越清楚，木材燃燒氣味逐漸被潮水味道抹消。

小光開始躁動，只見他大聲尖叫，那是十分尖銳，彷彿會刺破耳膜的悲鳴。

內村趕緊轉身往回走，迅速離開海邊，小光的尖叫聲卻遲遲未歇。

那天晚上，小光夢魘不斷。內村夫婦飽受其他避難所居民的指責，只好抱著小光走到屋外，等待天明。

自那以來，小光只要一靠近海邊就會尖叫，然後晚上做惡夢。

不久之後，內村與久子便決定離開這塊傷心地，遷居他處。

3

小光離不開多聞，就連睡覺時也和牠在一起。

即便用溼毛巾擦拭過身體，多聞還是有點髒，要是平常的久子肯定不允許多聞和小光一起窩在被子裡睡覺。

然而，小光的笑容融化了久子的堅持。

多聞也很守規矩，不會把家裡搞得亂七八糟，彷彿曾在別人家生活過似的。

震災當時，牠應該還是幼犬，失去飼主出口春子之後，是否曾被人收養呢？內村思忖。

白天的庭院是小光和多聞最常待的地方，他們會並肩做日光浴，在不算寬敞的庭院奔跑，形影不離。

自從多聞來了之後，小光不再整天畫畫。

多聞的體重也一天天增加，聽從前田獸醫的建議，給牠吃營養價值較高的狗糧；不過應該是小光的愛更勝狗糧的營養效用吧。

小光還是不說話，但現在的他會笑了。而且常常看得到他的笑容。他的笑容總是向著多聞，多聞也回以開心神情。

遷居以來始終籠罩在陰鬱氛圍下的古民家倏然明亮，屋子彷彿一夜之間遍灑陽光。小光與多聞是如此明亮氣氛的製造者。

內村與久子看著對多聞微笑的小光、開心接受小主人歡顏的多聞，吟味逐漸在內心擴散的暖意。

「多聞是神賜給我們的禮物。」久子說。

「我們的天使囉。」內村頷首。

小光和多聞在庭院玩球。小光投球，多聞追球，再用嘴叼回來。

每次多聞叼球回來，小光就會開心地撫著牠的頭與背，多聞則是驕傲地挺胸。

也許小光和多聞前世有緣吧——內村突然這麼想。

如此親密和睦，初次相見的瞬間，有如命中注定的情侶。小光與多聞之間的羈絆如此深，有著無法撼動的信賴。

要是有一方死了。另一方也無法獨活。

內村搖搖頭。幹麼想這種事啊！現在只要守著小光與多聞共度的幸福時光就行了。

「老公……」

雙手插進口袋，凝視著小光他們的久子對內村說。

「怎麼啦？」

內村循著久子的視線望去。不知不覺間，投接球遊戲結束。小光坐在簷廊，多聞趴在他身旁，將下巴靠在小主人的大腿上，小光瞇起眼，撫著牠的頭。

「多、聞。」

聽到了。確實聽到了。也看到小光的嘴巴在動。

內村緊握手上的茶杯。

「小光在說話。」

久子不敢置信地說。

「別說話。」

制止妻子出聲的內村專注聽著。

「多、聞。」

小光喚著多聞的名字，從他的口中發出聲音。

「小光，你剛剛說什麼？」

內村走向小光，小光回頭。

「多聞。」

小光說道。

「沒錯，多聞，牠叫多聞。」

「多聞、多聞、多聞。」

「對，多聞。你在叫牠的名字，對吧？」

小光點頭。內村看向妻子。

「小光開口說話了。」

久子頷首，早已淚流滿面。

❖

多聞來到內村家一週後的某個夜晚，秋田靖來電。

「之前真是不好意思啊！麻煩你打探一些事。」

「沒什麼，小事啦！對了，和那隻狗處得還好嗎？」

「小光開口說話了。」
內村回道。阿靖多少知道小光的狀況。
「開口說話？真的嗎？」
「只會叫狗的名字就是了。不過已經是很大的進步了。一切要感謝多聞。」
「哦……牠叫這名字啊。」
「他們黏得可緊呢！小光還會對多聞笑。」
「真是太好了。」
「是啊。要是照這樣下去，持續改善的話，也許他就能上學了。」
「聽到你那麼開心的聲音，我也替你們高興啊！對了，有件事要跟你說，可以拍張多聞的照片傳給我嗎？」
「多聞的照片？為什麼？」
「我聽到一件有點不可思議的事，想確認一下。」
「什麼事啊？」
「等我確認過再跟你說，記得先傳照片給我。」
「是沒問題啦……」

「找時間回來聚聚吧。大家一起喝一杯。」阿靖說。

「也是啦！我會找時間回去，先這樣囉。」

內村掛斷電話，走到小光的臥房；看他最近都睡得很熟，可能是因為和多聞玩耍，充分活動的緣故吧。

多聞躺在小光身旁，瞧見內村進屋的牠抬起頭，與其說牠和小光一起睡，感覺更像是在守護牠。

「打擾你一下哦！」

內村打開房間的燈，用手機拍了張多聞的照片。

「這樣應該行了吧？」

他確認一下照片後，隨即關燈，步出房間，將照片傳給阿靖。

「到底是什麼不可思議的事啊？」

內村一臉困惑，想像不出是什麼事。

4

在前田獸醫的保證下，內村帶著已經完全痊癒的多聞出門散步，當然小光也一起。

除了回診之外，小光已經許久沒有步出家門。

沿著家門前的道路往左拐，步行約十分鐘就來到一片廣闊農地；從縣道進入農道，交通量明顯減少。

並未排斥項圈和牽繩的多聞走在內村的左側。

走了一段農道之後，走在前面的小光突然回頭，朝內村伸出右手。

「你想牽著牠？」

內村問。小光雖沒回答，卻睜著充滿期待的雙眼直瞅著內村。

「你可以吧？多聞？」

內村低頭看向多聞，多聞的眼睛也和小光一樣閃亮。

內村蹲下來，看著兒子的雙眼。

「絕對不可以鬆開牽繩哦！知道嗎？」

這麼交代的他將牽繩交給兒子，只見小光耐不住喜悅似地笑得很燦爛。

「多聞。」

小光喚著牠的名字。站在小光身旁的多聞拚命搖尾巴。

「多聞。」

小光往前走，多聞配合他的速度，感覺他們從很久以前就像這樣散步著。走在後頭的內村隔著幾步距離，守護他們。

多聞不但回復正常體重，腳步也很穩健。內村確信就算發生什麼狀況，多聞也能守護小光。

內村盡情呼吸新鮮空氣。

頭頂上方是一片蔚藍的春日晴空，雲朵倒映在水田上，聽得到附近溪流潺潺聲。釜石還在晚冬時節，熊本的三月已是如此怡人，令人感受到春意依舊。

小光和多聞漫步在這充滿春天的顏色、氣味與聲音的世界。

內村從沒想過能見到這樣的光景。不可否認，想竭盡全力找回小光笑容的心力已在不知不覺間逐漸消磨。

畢竟小光一直躲在畫中世界，上學就不用說了，根本足不出戶。內村與久子只能默默守護這樣的小光，一家三口就這麼過日子。

內村楞楞地想。

如今，小光願意走在外頭，沐浴在春日暖陽下的他微笑著，疼愛走在一旁的多聞。

內村曾想過，莫非這是一場夢？現在看到的一切，救多聞的事，該不會一切都是夢境？一旦睜眼，一切都會回到從前嗎？

每次他這麼想，就會猛搖頭，安慰自己這不是夢。

神向歷經苦難的小光伸出手，而多聞是神派來的使者，所以只要感謝這一切就行了。

「小光！」

內村朝小光的背影喚道。以往無論他和久子再怎麼喊，小光都沒反應。

「過來這裡。這是爸爸種的田哦！」

內村向地區農會租了一塊田地，栽種稻米。將近二十畝的田地收成頗豐，他會將多出來的米送給釜石的親朋好友。想讓兒子吃到最有機的米，所以他堅持以自然栽培法種植稻米，這一帶幾乎都是種來自家吃的田地，極少使用農藥。

內村牽著小光的手，走在田間小徑，小心翼翼地避免踩踏別人的田地，自己的田地就能讓孩子和狗在其間盡情玩耍。田地最裡面的地勢有點凹陷，那一側的田間小徑比較寬，方便小貨車出入。

寬敞的田間小徑等待小光他們到來。內村解開多聞的牽繩。

「盡情奔跑吧！多聞。小光也是哦！」

多聞往前衝，跑了幾公尺後停下腳步，回頭，似乎在對小光說：快來啊！

小光明白多聞的意思，跑向牠。多聞隨即轉身往前衝，還不時回頭確認小光有沒有跟上，調整速度。

「多聞好聰明啊！」

小光高興大叫，追上多聞。多聞與小光的身影倒映在水田上。

好幸福——內村突然有此感觸。

我們好幸福。那起大地震發生後過了五年，我們終於尋回幸福。

內村在田地四周踱步，看著愉快嬉戲的小光他們。

五月一到就要開始插秧，插完秧苗後就得和雜草奮戰，感覺往年總是嫌麻煩的這項作業，如今似乎能樂在其中。

小光追上多聞，攫住牠的背。多聞故意放慢速度，小光看起好開心，多聞也是。

小光看向內村，揮揮手。

「這裡。」

小光出聲。

「過來……這裡。」

內村突然熱淚盈眶。

「你是在對我說嗎？是叫爸爸過去你那裡嗎？小光？」

「過來……這裡。」

「爸爸現在就過去！」

內村淌著淚，奔向小光他們。

❖

「他剛剛說媽媽。」

久子托腮，露出做夢似的表情這麼說。

「你也聽到了吧？」

一家人正在吃飯時，小光對久子說了句「媽媽」，雖然只說了這麼一次，但錯不了，這句話是對著她說的。

「沒想到會有這麼一天，好像在做夢。」

久子一臉滿足，就連內村要求她再拿一罐啤酒，也不像以往露出嫌惡表情。

多聞獨自現身起居室。通常小光刷完牙後，就會上床睡覺，但最近多聞似乎都會等小光睡著後，來到起居室。

「小光睡著了嗎？」

內村問道。多聞將下巴擱在內村的大腿上，代替回答。

「原來是來撒嬌嗎？」

看來多聞想當小光的哥哥，牠和小光在一起的時候，稱職地扮演守護者；小光睡著時，牠便卸下責任，向內村夫婦撒嬌。

內村溫柔地撫著多聞的頭。

「多聞啊，下次煎牛排給你吃，就當是謝謝你為小光做的一切。」久子說。

多聞用力搖尾巴。

「什麼嘛！是我帶多聞回來耶。也要煎牛排謝謝我啊！」

「你有啤酒喝就行啦！」

「啤酒哪能跟牛排比啊！」

手機響起。內村微笑地拿起手機，是阿靖來電。

「喂。怎麼啦？多聞的照片打聽到什麼嗎？」

「阿徹，說了你可別嚇到哦！」

阿靖的聲音很興奮。

「怎麼回事啊？」

「小光和那隻叫多聞的狗，從你們住在釜石這裡時就結緣了呢！」

「什麼意思啊？」

內村坐直身子。

「大地震發生前，貞女士不是常帶小光去港口附近的公園嗎？」

「是啊。」內村頷首。

貞女士是內村的母親貞子。久子為了幫助家計，在住家附近的超市打工，所以白天都是由婆婆照顧小光。

「那個叫出口春子的人，好像也常帶著多聞去公園散步的樣子。」

「真的嗎?」

內村拿著手機的手不停顫抖,久子則是一臉詫異地看著他,多聞依舊將下巴擱在內村的大腿上。

「有個我認識的老爺爺啊,地震前常去港口的公園打發時間,所以他常和貞女士閒聊。我聽你提起多聞這隻狗的事,便想起老爺爺曾說過,那時經常有個中年女子帶狗來散步,那隻狗和跟著貞女士的孩子很要好。小孩子和狗都很純真,所以馬上就能玩在一起囉。」

「該不會那隻狗的名字是……」

「牠叫多聞,老爺爺常提起這個很特別的名字。」

內村那本該被啤酒溼潤的嘴裡,不知不覺變得乾涸。

「所以才要你傳多聞的照片給我。我讓老爺爺看照片,他覺得應該就是同一隻狗。我問他那隻叫多聞的狗是不是德國牧羊犬,他說飼主說是德國牧羊犬跟日本犬的混種。」

「你是說多聞為了見五年前認識的小男孩,大老遠從釜石跑來熊本?」

怎麼可能。牠怎麼可能知道內村一家遷居熊本,也不可能循著氣味而來。

「很不可思議吧？因為海嘯而失去主人的狗，為了找尋除了主人以外，最喜歡的小光而踏上尋人之旅，我是這麼覺得啦！」

「再怎麼想都不可能啊！」

「但那隻狗身上不是有晶片嗎？應該有登錄牠住在釜石，名叫多聞的資料吧？牠和小光初識時才一歲左右，算算年齡也吻合，而且多聞是德國牧羊犬與日本犬的混種，你們家那隻多聞應該有混到德國牧羊犬吧？」

「是沒錯……」

內村看向多聞，現在的牠身形結實，體重已逼近三十公斤。還記得當初救牠時，體重連十五公斤都不到，還渾身是傷。

牠真的是為了尋找小光而四處流浪嗎？然後，偶然倒在小貨車前方？

「我把那位老爺爺的聯絡方式告訴你，要不要直接問他？」阿靖說。

「麻煩你了。」內村回道。

❖

阿靖認識的老者，名叫田中重雄。內村依稀記得他以前也是漁夫。海嘯摧毀他的家，聽說田中爺爺現在和住在仙台的兒子夫婦同住。

內村打電話給田中爺爺時，他的聲音聽起來頗快活，還問是不是阿靖告訴他的。

田中說，小光和多聞初次碰面好像是在二〇一〇年的初秋。

傍晚總是帶著小光來公園散步的貞子女士，向坐在長椅上抽菸的田中打招呼，然後抱著小光坐在鞦韆上，因為他最喜歡盪鞦韆。

貞子女士一邊盪鞦韆，一邊對小光說話，還不時和田中交談幾句。那時，牽著小狗散步的出口春子剛好經過公園附近，總是直接走過公園的她那天卻被小狗硬是拉進公園。

「感覺牠好像是因為小光而想走進公園的樣子呢！」田中說。

出口春子對於愛犬的行為，似乎有點不知所措。小光看到走向他的小狗，臉上立刻浮現笑容。

「汪汪！汪汪！」

這麼喊的小光從貞子女士的雙膝上跳下來，走向小狗。

「怎麼說呢？很像分別很久的情侶總算重逢的感覺。我和貞子女士、春子女士後來就在聊，沒想到還有這種事啊！」

從那天起，除了雨天、下雪天之外，出口春子都會帶小狗來公園。小光和多聞就像親兄弟般親暱，在公園的沙堆遊戲場一起嬉戲。

「我記不住人名、狗名，卻馬上記得那隻狗的名字，多聞天的多聞。聽說牠出生時的臉很像春子女士家門口的毘沙門天像，所以就給牠取名多聞囉。」

內村想起，四天王之一的毘沙門天，又稱多聞天。

「貞子女士也瞇起眼，慈祥地看著孫子和多聞愉快嬉戲的模樣。你都沒聽說嗎？」

「沒有，不是很清楚。」

內村只記得母親提過小光和小狗感情很好，但也僅止於此；阿靖來電後，他想確認這件事，久子也想知道。

兩人每天為了家中生計拚命工作，根本沒多餘心力好好聽母親說些什麼。

時至深秋，即將迎來酷寒冬日，貞子女士沒辦法每天帶小光去公園，不過只要天氣好轉，比較暖和些，祖孫倆就會造訪公園。小光總是迫不及待地想見到多聞。

每次田中爺爺去公園，就會看到出口春子和多聞在那裡等待。

小光不會來哦！儘管出口春子這麼說，多聞還是硬要走進公園。平常很乖順的牠只要一聽到小光這名字，就連眼神都變了。

出口春子對田中這麼說，還嘆了一口氣。

「我問春子女士，多聞為什麼這麼喜歡小光呢？她說喜歡啊，是沒有理由的，就是一見鍾情囉。一見鍾情。彼此看一眼就投契了。」

田中這麼說。

「我感覺春子女士與多聞也有著強烈的羈絆啊！要是沒有發生那起大地震就好了。」

田中嘆氣，沉默良久。內村靜待他繼續說下去。

「我在避難所生活時，偶然看到多聞，記得是震災過後一個月左右吧。我叫牠，但牠好像沒聽到，就這樣不知跑去哪兒了。我想可能是在找春子女士吧。那時我聽聞春子女士也成了海嘯的罹難者，覺得牠很可憐。隔天想說去公園看看，雖說是公園，早已被海嘯摧殘得不成樣了。多聞果然在那裡。」

田中說，多聞站在原本是沙堆遊戲場那邊，一直盯著四周，肯定是擔心小光是否也遭遇不測。

田中告訴多聞，出口春子已經去了天國，只見牠一動也不動地聽著，那模樣勇敢得讓人好不忍心，田中想收養多聞，但避難所生活不容許他這麼做。

既然無法收養牠，田中只好準備食物帶去公園給多聞吃。

「看牠應該很餓吧。雖然只能帶些御飯糰之類的東西，但牠總是狼吞虎嚥呢！」

田中拜託親戚朋友要是看到貞子女士，務必知會他一聲。

他想說出口春子已不在人世，至少要讓多聞和他最喜歡的小光見面。

「我沒想到連貞子女士也去了另一個世界啊！雖然我知道她有個兒子，但連他兒子的名字、長相都不太記得了。只能以貞子女士的名字來打聽你們一家的下落。」

失去出口春子，也見不到小光的多聞還是每天現身公園。

「從我第一次帶東西給牠吃，大概過了兩個月左右吧。記得那是連櫻花都散盡的五月底，就再也沒看到牠了。」

田中還是日復一日地去公園，卻再也沒看到多聞出現。

雖說牠很強韌，但畢竟是還不滿一歲的幼犬，也許遭遇什麼意外而死去。這麼想的田中感慨萬千的同時，腦中卻浮現另一個想法。

能從那起大地震死裡逃生的狗會如此輕易死去嗎?牠肯定是去找小光，一定是的。

多聞還活著。如此確信的田中步出公園。
「後來我幾乎快忘了多聞的事，沒想到牠真的為了找小光而追到熊本。」
田中嘆氣。
「不過，我雖然很驚訝，卻有種果然如我所料的強烈感覺。因為多聞就是一隻讓人覺得牠會這麼做的狗，何況牠真的很喜歡小光。」
內村向田中鄭重道謝後，掛斷電話。

❖

「牠真的是那隻多聞嗎？」
久子聽了田中爺爺敘述的來龍去脈後，不禁雙眼圓睜。
「是的。」內村頷首。
「你這孩子真是不可思議啊！」
久子坐在榻榻米上，向多聞招手，輕輕抱起湊向她的多聞。
「你從釜石來到熊本，吃了多少苦？又是怎麼撐過來？一心一意就為了見小光嗎？為什麼這麼喜歡小光呢？」

多聞偏了一下頭，舔著久子的臉頰。

「我想了一下……」

「什麼？」

「我想把多聞的照片和牠從釜石來到熊本的事，發在社群平台上，希望牠的故事能傳開來，或許有人知道多聞這幾年來的事。」內村說道。

「發在社群平台上？為什麼要這麼做？」

「我不覺得多聞一直都是獨自旅行，畢竟牠花了五年才來到這裡。我想牠可能暫時被哪戶人家收留，或是和誰一起旅行吧。無論是狗還是狼，都是群居的生物，單打獨鬥很難覓食，所以我覺得牠不可能這五年來一直獨自忍受飢餓，應該曾經有人給牠吃的。」

「這種事會有人回應嗎？畢竟就連多聞這名字，都是讀取晶片資料才曉得。」久子說道。

「不試試怎麼知道行不行呢？你不好奇多聞這五年來去了哪裡？怎麼過活？如何來到熊本……來到小光身邊。如果打探得到的話，我想將這些事告訴小光。」

「也是啦！如果打探得到的話，我想小光也想知道吧。」

久子又抱住多聞。

5

多聞的事發布在社群平台後，並沒有得到任何回應；就算偶爾有回應，不是惡作劇，就是誤認多聞是別的狗。

其實內村明白這麼做肯定行不通，也告訴自己別期望太高，但對於幾乎沒有回應，還是難掩失落。

雖然社群平台的事撲了個空，但自從多聞成為家中一分子，日子卻過得十分充實。讓內村夫婦最開心的事，莫過於小光願意開口說話；雖然他的詞彙量比同齡孩子少，但每天都有進步。

「這個怎麼說？」

這是小光最近的口頭禪。從食物到路邊雜草，他拚命記住觸目所及的東西名稱。就連與內村、久子的日常對話，即便文法還是有點怪，小光也能明確表達自己的意思。

自從有多聞陪伴後，好一陣子沒畫畫的小光又重拾畫筆。因為他有了想要描繪的對象。

那就是多聞。

其實一直以來，小光畫的都是多聞，不是嗎？

無數張看起來不知是狗是貓，還是其他生物的畫，其實畫的都是多聞。

那起可怕的大地震發生之前，小光便一直畫著總是給他不求回報之愛的多聞。內村與久子如此確信。

與多聞的回憶肯定是射進小光那因為恐懼而冰凍的心，唯一的一道光。

就寢前，內村與久子會輪流擁抱多聞，這儼然成了夫婦倆每天必做的事。這是一種感謝救世主讓他們從黑暗深淵步入光明的感謝儀式。

被擁抱的多聞非但沒有面露不耐，還搖尾巴；待儀式結束後，牠回到小光的房間，和他一起入眠。

一人一狗一起睡覺的模樣宛如宗教畫，怕吵醒他們的內村小心翼翼地按了好幾次快門。祈願哪一天小光能以這些照片為藍本，繪成一幅幅畫作。

❖

屋子搖晃，小光的房間傳來尖叫聲。搖晃得越來越劇烈，內村一面保持平衡，一面衝向小光的房間。

發生大地震。內村之所以感覺口乾舌燥，發不出半點聲音，是因為內心創傷之故，東日本大地震的可怕記憶依然歷歷在目。

「小光！」

內村一邊大喊，一邊衝進小光的房間。從走廊流洩進房間的燈光照著不斷哭泣的小光，多聞則是英挺地站在他面前，像在守護他。

「沒事，小光，不怕哦！只是地震而已，海離這裡很遠，不會有海嘯。」

內村不斷安撫，緊抱不停顫抖的小光。

「沒事、沒事，爸爸、媽媽都陪著你，多聞也在守護小光。」

「多聞？」

小光停止哭泣。

「對啊！你看，多聞在這裡，在這裡守護小光。只要和多聞在一起就什麼都不怕，對吧？」

小光點頭。瞬間燈光熄滅，停電了。小光又開始大聲尖叫。

「久子，快去拿手電筒！」

緊抱著兒子的內村對久子喊道。

「沒事，只是停電而已。」

試圖安撫小光的他其實內心也很忐忑。

為了逃離地震與海嘯而遷居熊本，沒想到又遭逢大地震，莫非我們一家子被詛咒了嗎？

就在內村胡思亂想時，身體碰觸到溫暖東西，原來是挨向他的多聞。

牠那被強健肌肉包覆的身軀，隨著體溫傳遞，告訴內村不要害怕的訊息。

多聞的訊息非常明確。

既然你是一家之主，就要有一家之主的樣子。

內村頷首。守護久子、小光與多聞是自己的責任，現在不是驚慌失措的時候。有燈光靠近，是拿著手電筒走過來的久子。

「老公……」

「快過來這裡。」

小光的臥房除了床以外，沒有其他家具，所以在這房間不會發生什麼被家具壓傷的危險。

即便如此，以防萬一，內村還是為久子與小光蓋上棉被。

「你們在這裡等著，在我回來之前，千萬不要亂跑。知道嗎？久子。」

總算不再搖晃，但還是不能大意，因為根據東日本大地震的教訓，大地震不可能一次便結束。

外頭一片漆黑，看來全村停電。內村望向熊本市區方向，那裡也很昏暗，還記得東日本大地震那時四處竄出火舌。不過，目前還沒發生火災的樣子。

內村發動小貨車，打開車內音響，調到ＮＨＫ廣播電台。

電台主持人告知熊本的震度六弱，益城町的震度七級。看來這起地震襲捲熊本縣全境。

這起地震不會引發海嘯——聽到主持人迸出這句話的瞬間，內村頓覺全身虛脫。他知道就地理位置來看，即便引發大海嘯也不會波及這裡，但還是無法拂去出於本能的恐懼。

內村將小貨車開至玄關前，再次回到屋裡。現在已經不再搖晃。

「我們出去吧。去公民館避難。」

公民館是離內村家最近的指定避難所，畢竟是鋼筋混凝土建築，至少比內村家耐震。

「快啊！」內村喊道。

久子掀開棉被，抱著小光衝出臥房，多聞緊跟在後。內村先到起居室收拾錢包、存摺、印章等物品。久子與小光坐副駕駛座，多聞坐載貨台。

「走吧。」

內村將存摺和印章交給久子，隨即發車。附近居民也紛紛跑到外頭，雖然每個人都鐵青著臉，卻沒驚慌失措，似乎覺得沒必要避難。

「棚橋先生——」

內村一邊開車，一邊朝住在隔壁的老人喊道。

「還是去避難所比較好，因為肯定會有餘震。房子現在是沒問題，但就怕來個幾次餘震就撐不住了。況且後山可能會崩。」

「應該不至於吧。」

棚橋不當一回事。

「那就隨你了。我已經提醒過你了。」

內村催油門。沒經歷過震災的人，不曉得天災的真正可怕之處。

「真是的！怎麼講不聽呢？」

坐在副駕駛座的久子不由得嘖一聲。從後視鏡望去，村民們手上的手電筒光越來越遠。

❖

過了午夜，又是一陣劇烈搖晃。與內村一家一樣在公民館避難的居民們透過手持收音機的廣播，得知這次的餘震強度大概六級上下。

老舊木造民宅就算耐得住一次地震，但在持續不斷的強震侵襲下，只怕隨時都可能倒塌。

棚橋和其他村民還好嗎？

小光一直不停顫抖，久子與多聞不斷安撫他。雖然公民館禁止攜帶寵物避難，但內村說明原委後，加上避難者不多，所以破例允許；但多聞最多只能在公民館待到天亮。

內村一夜未眠地迎接早上。

雖然有時感覺小搖晃，但沒再發生大餘震。今後肯定餘震不斷吧，不過規模與頻率會越來越小。

天亮後，小光的情緒平復不少。根據廣播的新聞報導，這次地震的災情陸續回報。果然益城町的災情相當嚴重。

內村吃了公民館工作人員準備的杯麵、御飯糰之類的早餐，決定回家一趟。

餘震似乎較為平息，也不會發生海嘯。地震、海嘯與火災可說是相伴相生的災害，而且五年內居然發生兩次如此可怕的大災害。

幸好沒看到村子裡有倒塌民宅，大家都忙著收拾善後。

家裡果然亂七八糟，餐櫃、書櫃、衣櫃倒下來，起居室與廚房地上四散著破碎餐具，連立足的地方都沒有，而且沒電沒水可用。

即便如此，家園還在，沒被海嘯沖走，也沒被大火吞噬，只要抵擋風雨的屋簷和牆壁還在就謝天謝地了。

內村與久子開始分頭收拾屋子，小光也幫忙媽媽善後；雖然有時一陣小搖晃讓小光嚇得愣住，但晃完後，他又咬牙繼續幫忙。

小光變得堅強多了。一切都要感謝時常陪伴在他身旁的多聞。

內村向有鑿井的人家要了些水，用卡匣式瓦斯爐煮麵，再用即食醬料包調味，解決一頓晚餐。雖然菜色樸素，卻很美味，小光又重拾笑容。

天色漸暗，點亮提燈，這是經歷過東日本大地震的人們肯定會準備的防災用品。有備無患。無奈東北大地震那時有此觀念，懂得平時就要做好充分準備的人並不多。

「雖然這次地震很可怕，但遠不及那時啊！」

一邊收拾餐桌的久子這麼說。

「家還保住就是萬幸了。」

「也是啦！再怎麼樣都比去避難所跟一大群人擠著睡，舒適多了。我們的田地也沒受損的樣子……明天我會仔細巡一下。」

「我聽吉澤先生說，明天就會復電的樣子。」
久子口中的吉澤先生是村長。
「等水電都通了，就能回到平常生活了。好了，今天早點睡吧。」
「是啊！今晚在客廳鋪床，大家一起睡吧。多聞也一起。」
「真的嗎？」
小光大叫。
「是啊。多聞也是我們的家人啊！大家一起睡吧。這樣小光就不害怕了，對吧？」
「我才不怕地震。」
「也是啦！小光是男孩子，地震免驚啦！」
「免驚是什麼意思？」
內村和久子聽到小光這麼問，不由得齊笑出聲。
夫婦倆一邊說明免驚的意思，一邊鋪好床，躺下來。
那時從沒想過地震後，還能笑著入眠。
內村微笑地閉上眼，睡意立即襲身。

❖

地板劇烈搖晃，還以為做夢。

小光的尖叫聲竄進耳裡。

地震，而且比昨天搖晃得更劇烈，柱子、牆壁發出吱嘎聲。內村伸手探尋放在枕邊的提燈，指尖卻什麼也沒觸到，可能是因為劇烈搖晃而滾到別處。

「老公！」

久子大喊。內村趕緊坐起，劇烈搖晃到根本站不起來。

「久子，手電筒呢？找不到提燈！」

瞬間，燈光亮起。久子打開手電筒。

從天花板落下塵埃，柱子搖晃得有如波浪起伏。

木材發出激烈吱嘎聲。

「老公！」

隨著久子的叫喊，天花板塌陷。

內村立刻趴下，攔腰折斷的柱子掠過他的指尖。久子與小光齊聲尖叫。

內村被塵埃嗆著，久子拉住內村的右臂，又是一陣劇烈搖晃，頭頂上方不斷有東西落下。

被久子拉著的內村拚命搜尋小光。

只見小光抱頭，縮成一團，多聞一直守在他身旁。照理說，狗應該也很害怕這景況才對，但多聞的眼底看不見一絲怯色，只充滿著守護小光的強烈意志。

內村起身。隨著轟隆聲響，地板傾斜，屋齡八十年的古民家耐不住強震連續侵襲，開始崩塌。

「小光！」

跌坐在榻榻米上的內村拚命伸手，起居室中央堆積著從天花板落下的瓦礫，就快過不去起居室的另一邊了。地板向瓦礫堆方向傾斜。

小光與多聞躲在起居室最裡面，那裡三面都是牆，沒有窗戶。要想救出小光，就得衝過瓦礫堆才行。

總算不再搖晃，家中頻頻響起令人心頭發麻的聲音。

「小光，待在那裡不要動哦！多聞！小光就麻煩你了。」

內村站起來，準備奔向小光他們。

「小光！」

久子大叫。南側牆壁往內側倒，屋頂也跟著崩塌。

「小光！」

內村大喊。牆壁倒向小光和多聞，崩壞的部分屋頂塌陷。

多聞趴在小光身上，那是內村瞧見多聞的最後身姿。

6

「真是太慘了。內村先生。」

內村怔怔地看著曾是自家的古民家這般慘況時，身後傳來聲音。

原來是棚橋先生，一身工作服與長靴，脖子上披著毛巾。棚橋家也半毀，所以他也忙於收拾善後。

「棚橋先生家也很慘……」

「你不是經歷過東日本大地震嗎？沒想到搬來熊本又遇上這種事……」

「怨恨大自然也沒輒。」內村回道。

很不可思議地，自己居然對於從天而降的災難，沒有湧現半點恨意。

「這是那隻狗的骨灰嗎？」

棚橋用下巴指了指內村抱著的骨灰罈。

「是的。」

多聞的遺體在重啟營運的火葬場火化後，內村抱著骨灰罈回家。

「牠守護了小光，真了不起。」

「是啊。真是一隻了不起的狗。」

內村微笑地說。

消防隊抵達時，已經是地震過後一個鐘頭。內村與久子站在崩塌的房子外頭，不斷呼喊小光。

小光還活著，回應夫婦倆的呼喊，但被東西壓住的他無法動彈。他告訴爸媽，只要和多聞在一起就不怕。

多聞也還活著，牠守護著小光。

總算抵達的救援隊在昏暗夜色中，開始清除瓦礫堆；一個鐘頭後，救出被困在瓦礫堆裡的小光和多聞。

小光奇蹟似地毫髮無傷，但多聞的身體遭塌陷下來的梁柱木頭刺穿。

久子陪同小光坐上救護車，內村則是趕緊載著多聞，飛車趕去動物醫院。路面柔腸寸斷，繞路繞了好幾回，總算抵達前田動物醫院，無奈前田獸醫說因為停電，無法進行手術。

「其他醫院應該也一樣吧。就算現在送牠到沒停電的動物醫院進行救治，勢必也得花上一段時間。」

前田用手電筒檢查多聞的傷勢，這麼說。

「應該有傷及內臟，牠肯定很痛苦，要不要讓牠別那麼痛苦呢？」

內村不明白前田獸醫的意思。

「我的意思是安樂死。我想，這是現在對這孩子最妥善的方式。」

「天啊……」

內村撫著躺在診療檯上的多聞，總是充滿活力的強健身軀變得越來越孱弱。

「你很痛苦嗎？多聞。」

聽到內村聲音的多聞睜開眼，看著他。

「小光沒事，因為你守護他，所以他沒受傷。」

多聞閉上眼。身受重傷的牠依然掛心小光。

真是一隻不可思議的狗。內村輕撫多聞的頭。

「麻煩你了。」

內村說。內心深處湧現難以言喻的悲痛。

淚流不止的他哽咽著凝視獸醫送多聞去當小天使。

「謝謝你，多聞。對不起，多聞。」

多聞再次睜眼，看著內村，隨即閉上眼，再也沒睜開過。

內村輕輕地將一動也不動的多聞放在副駕駛座，乾淨白布裹著牠。前田獸醫說至少這是他能提供的東西。

內村和多聞一起隨著車子行進，輕晃著。頻頻嘆氣的內村煩惱著是否該將多聞已經去了天國的事告知小光。好不容易順利復原的小光要是知道多聞的死訊，肯定打擊很大吧。也許又會將自己封閉起來。

但一直隱瞞下去也不是辦法，要是他問起多聞，也只能向他坦白。

不能對小光說謊。

從小光出生那一刻起，內村便有此決心。

他叫醒在病房小睡片刻的久子，夫婦倆來到走廊上，內村告知多聞已經去了另一個世界。

久子當場蹲下來，不敢哭出聲的她淚流滿面。

哭個不停的久子想和多聞道別。夫婦倆步出醫院，走向停車場時，久子握住內村的手，內村也輕輕回握。

久子撫著多聞，啜泣地說：「謝謝。」

「多聞直到最後還掛念著小光。」內村說。

「他們有著特別的羈絆呢！在釜石相識，在熊本重逢，牠一直守護小光，真的就像神派來守護小光的天使。」

「要怎麼跟小光說？」

「必須照實說，我們不是說好不對小光撒謊嗎？」

「可是萬一衝擊太大，他又把自己封閉起來，怎麼辦？」

「有多聞陪著他，不會的。」

久子的聲音蘊含著深深確信。

「久子……」

「多聞啊，就算知道自己會死，也不願意丟下小光，不是嗎？」

內村聽到妻子這番話，頓覺卸下心頭重擔。

「是啊。多聞啊，就算死了也會陪在小光身旁，一直守護小光吧。」

「是啊。因為牠是多聞啊！」

久子再次撫著多聞，哽咽不已。

❖

小光的食慾很好，早餐吃個精光。醫師說在那種情況下，居然可以毫髮無傷，真是奇蹟。

內村沒說是託多聞的福，因為多聞的奉獻與犧牲，只要家人知道就行了。

「小光，爸爸有事跟你說。」

內村對吃完早餐、一直吵著要下床的小光說道。

「什麼事？」

「多聞的事。」
他知道站在一旁的久子很緊張。
久子祈求著，向多聞祈求。
無論如何，請你守護小光，多聞。
「多聞怎麼了？」
內村也祈求著。
多聞，請你守護小光。
「你知道多聞守護著你吧？」
小光點頭。
「你們被倒下的牆壓住時，多聞受了很嚴重的傷，所以牠死了。」
只見小光不停眨眼。
「所以，多聞已經不在了。」
「你在說什麼啊？爸爸。」小光說。
他應該聽得懂我說的話，內村心想。
「什麼意思？」

「多聞在啊！在這裡。」

小光指著自己的胸口。

「那時我聽到多聞的聲音，他告訴我：沒事，小光，我會一直和你在一起哦！所以沒什麼好擔心。」

內村看向久子，久子忍不住落淚。

這還是小光第一次講這麼多話。

「所以多聞沒死，牠一直都在哦！爸爸。」

「是、是喔。」

「雖然不能抱牠，我很寂寞，但沒關係，我感覺得到多聞，牠現在就在我旁邊。爸爸沒有感覺到嗎？媽媽呢？」

小光轉頭看向久子。

「媽媽也有感覺到多聞在這裡。」

「嗯。」

小光笑了。淚流不止的久子也微笑。

感覺多聞坐在地上，開心地抬頭看著小光與久子。

「我最喜歡多聞了。」
「爸爸也最喜歡多聞和小光。」
內村握著兒子的手，用力頷首。

❖

「你們之後有什麼打算啊？」
棚橋這番話讓內村猛然回神。
「雖然不曉得政府能給多少補助金，但我打算在這裡重建家園。」
「是喔，那真是太好了。這一帶都是上了年紀的老人家，有小朋友的人家越來越少啊！小光都能回復元氣，感覺我們這些老人家也得努力才行。」
內村知道村子裡的老人家都很關心小光，也知道他和一般孩子不太一樣，只是沒多問。
「自從那隻狗來了之後，小光變得很有活力呢！不但會開口講話，還會跑來跑去。」
「是啊。」

「真的很開心看到小光快活的模樣。那隻狗啊，不只帶給小光，也帶給我們老人家不少活力呢！可惜牠已經不在了。小光還好嗎？」

「謝謝關心。多聞就算死了，也一直活在小光心裡。」

「這樣啊。真是太好了。」

棚橋微笑。清風吹拂，田裡起了一陣陣漣漪。

彷彿瞧見多聞在水田奔跑的模樣。

7

梅雨季告一段落的某天，內村的社群平台收到一封來自陌生人的訊息：

內村先生，您好。冒昧打擾，還請見諒。前幾天偶然看到您在社群平台的貼文，也就是多聞這隻狗的故事。舍弟曾和牠短暫生活過，雖然只看到照片，但我想錯不了，因為眼神一模一樣，那充滿強烈意志的眼神……牠應該是德國牧羊犬和日本犬的混種吧。舍弟也叫那隻狗「多聞」。

約莫五年前，舍弟因為意外身亡，多聞也隨之失蹤。如果您想知道詳細情形，還請回訊。

傳送這封訊息的是中垣麻由美，好像住在仙台的樣子。

內村回訊給中垣麻由美。

——完

附錄

多聞途經的路線圖

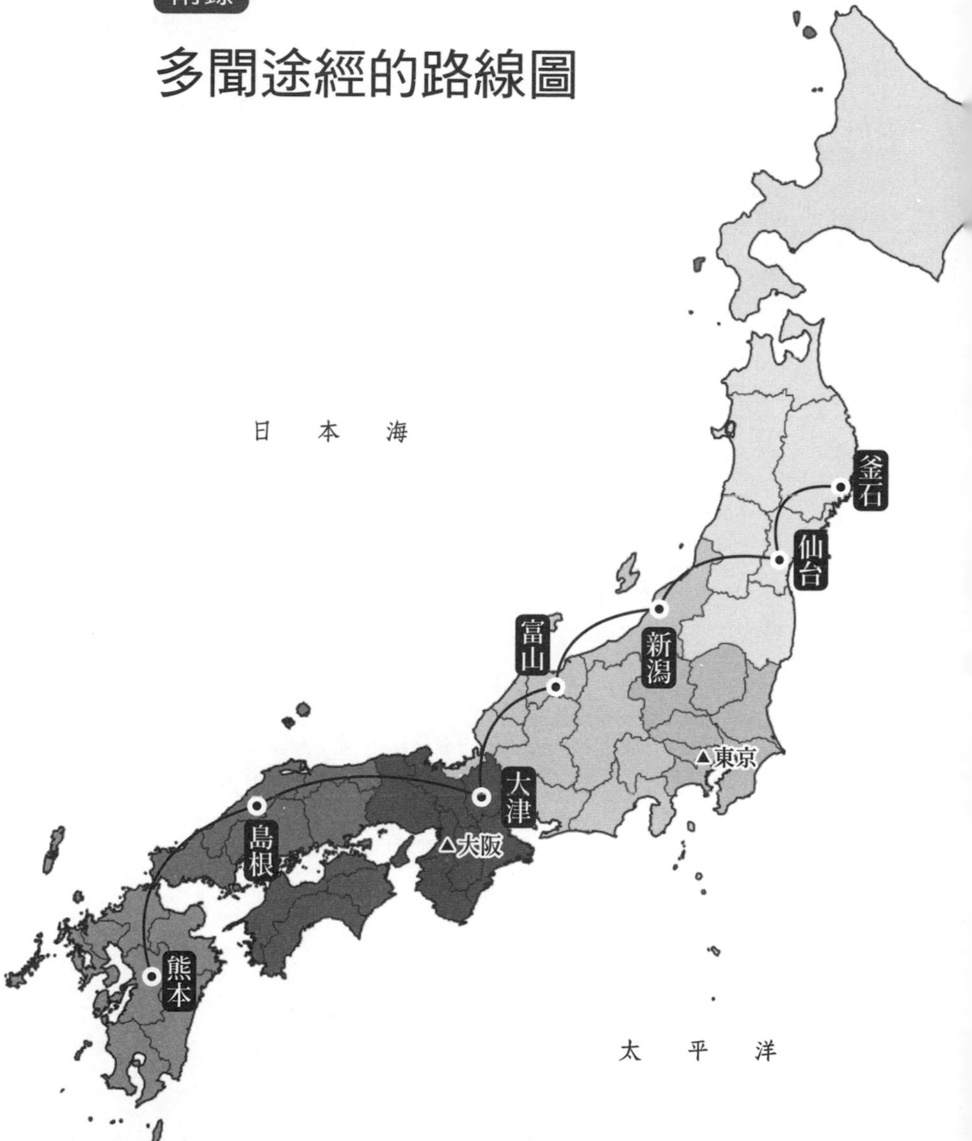

文字森林
READING FOREST
文字森林系列 021

少年與狗
少年と犬

作　　者　馳星周
封面插畫　小田啓介
譯　　者　楊明綺
總 編 輯　何玉美
責任編輯　陳如翎
封面設計　鄭婷之
內頁設計　楊雅屏

出版發行　采實文化事業股份有限公司
行銷企劃　陳佩宜・黃于庭・蔡雨庭・陳豫萱・黃安汝
業務發行　張世明・林踏欣・林坤蓉・王貞玉・張惠屏
國際版權　王俐雯・林冠妤
印務採購　曾玉霞
會計行政　王雅蕙・李韶婉
法律顧問　第一國際法律事務所　余淑杏律師
電子信箱　acme@acmebook.com.tw
采實官網　www.acmebook.com.tw
采實臉書　www.facebook.com/acmebook01

I S B N　978-986-507-348-0
定　　價　380 元
初版一刷　2021 年 5 月
劃撥帳號　50148859
劃撥戶名　采實文化事業股份有限公司
　　　　　104 台北市中山區南京東路二段 95 號 9 樓
　　　　　電話：(02)2511-9798　傳真：(02)2571-3298

國家圖書館出版品預行編目資料

少年與狗 / 馳星周著 ; 楊明綺譯 . -- 初版 . – 台北市 : 采實文化事業股份有限公司 , 2021.05
　面 ;　公分 . -- (文字森林系列 ; 21)
譯自 : 少年と犬

ISBN 978-986-507-348-0(平裝)

861.57　　　　110003661

采實出版集團
ACME PUBLISHING GROUP

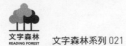